DREAM

少年梦·青春梦·中国梦：中国故事

追风的人

非鱼 著

江西高校出版社
JIANGXI UNIVERSITIES AND COLLEGES PRESS

图书在版编目（CIP）数据

追风的人/非鱼著. —南昌：江西高校出版社，2014.5（2017.5 重印）
（少年梦·青春梦·中国梦：中国故事／尚振山主编）
ISBN 978-7-5493-2466-8

Ⅰ.①追… Ⅱ.①非… Ⅲ.①故事—作品集—中国—当代 Ⅳ. ①I247.8

中国版本图书馆 CIP 数据核字（2014）第 075451 号

出 版 发 行	江西高校出版社
社　　　址	江西省南昌市洪都北大道 96 号
邮 政 编 码	330046
编 辑 电 话	（0791）88170528
销 售 电 话	（0791）88170198
网　　　址	www.juacp.com
印　　　刷	北京一鑫印务有限公司
照　　　排	麒麟传媒
经　　　销	各地新华书店
开　　　本	710mm×1000mm　1/16
印　　　张	15
字　　　数	215 千字
版　　　次	2014 年 7 月第 1 版
	2017 年 5 月第 2 次印刷
书　　　号	ISBN 978-7-5493-2466-8
定　　　价	29.80 元

赣版权登字-07-2014-165

追风的人

你不要轻易说这些都没有意义。

我是在下班路上遇到李生的。他目光焦灼而认真，脸色凝重，脚步匆匆。我喊：李生。他没有答应。我又喊：李生。他还是没有答应。

我觉得奇怪。作为相识多年的朋友，我没有做过对不起他的事，老婆没有他的老婆漂亮，孩子不比他孩子学习好，职位不比他高，房子不比他大，就连体重——我也比他轻了一公斤。他没有理由对我不理不睬啊？

擦肩而过的时候，我想他也许在考虑什么重大问题吧，心里很快就原谅了他。走过没几步，仔细想想又不对。他不会出什么事吧？作为朋友，我有责任弄清楚这个问题。

我转过身，朝他的方向追过去。

可是，他走得太快了，近乎于小跑。

这个平常的日子，这个平常的星期二下午，他干吗呢，跑那么快？莫名其妙嘛！对于别人的莫名其妙，我总会表现出过分的热情，我得弄清楚事情的前因后果，否则，今天晚上，我会失眠的。

我攥紧拳头，大步跑。终于在楼房的拐角处，我抓到了他的肩膀——肩膀上的衣服。

李生——

李生被我突然一抓，吓了一跳。他扭过头，看见是我，似乎又吃了一惊：是你啊。

你干吗呢？我依然扯着他肩上的衣服，生怕一松手他跑了似的。

我？追风呢。李生很认真地回答。

追什么风？

天上刮的风啊，你没感觉到？温暖的风，仲春的风，正从我身边溜走，我要去追它。

他的话让我觉得迷糊，我摇摇头，试图想弄清楚他话里的含义。风，温暖的风，仲春的风，李生，追风，这些，好像也没什么联系。

李生看我没再说什么，他拧了一下身子，我下意识地松开了手，他的衣服从我手里脱开，他又准备跑。

嗳，嗳，李生，别急走啊，我有话问你呢。

李生停下来，抬起胳膊看看手表：只给你三分钟时间，我忙着呢。

我只好拣最主要的问题问。我说：谁让你追风的？

没人让我追风。

那你干吗要追风？

因为我必须追它。

为什么必须要追它？

因为我需要追它。

你也看出来了，我这几个问题问得多么愚蠢。当然，也可以说，李生回答得多么巧妙。很显然，他并不想让我知道他为什么要追风。

我不会就此罢休的。既然我已经知道了他的秘密，那么我就需要知道秘密后面的秘密。我会采取很原始的办法：跟着他。

李生又一次抬起胳膊看表的时候，我知道三分钟时间到了，他要走了。就在他迈开第一步的同时，我也迈出了脚步，在他身后，一步之遥，我们频率一样，步幅一致，如同两只目中无人的企鹅（我们都太胖了），摇摇晃晃地小步跑着。

穿过一条街道，经过一个很大的花园。花园里五彩斑斓，一树紫藤开得绚烂夺目，无所顾忌。可这些，和李生没有关系，现在和我也没有关系了。他目不斜视，我紧盯着他宽大肥硕的后背。

我问李生：风在哪儿？

他闷声闷气地说：前边。

除了他的后背，我看不到风的方向，我也感觉不到。其实，风在哪儿，对我来说并不重要，重要的是李生。

夕阳穿过楼房的间隙，一闪而过，和我们做了最后的告别，它累了。

李生仍在继续。我也不得不继续。

跑，一直不停地跑……

月亮出来了，月亮又走了；太阳神采奕奕地来了，又无精打采地走了。时间一天天过去。

李生老了，瘦了，我也老了，瘦了。

李生的脚步渐渐慢下来，踉踉跄跄。我也慢下来，呼哧呼哧像匹老马一样喘着。李生说：你干吗跟着我啊？跟了这么久，你怎么就不停下呢？

你干吗不停下？你一停下我不就停下了？到这个时候，我有些恨他了。

你不停，我怎么能停？

李生也许已经完全忘记了，是他先开始追风的，我当然不会忘记，我是为了追他。我们——两个行将就木的人，这会儿已经真的像微弱的风一样，在这个城市轻飘飘地刮过来，荡过去，想停也停不下了。

半个瓜皮爬上来

遥远是那种人，就是痴迷于一件事或者一个人的时候，什么都可以不要，完全地奋不顾身。

杨小鸽当初看中的，也恰恰是遥远这种奋不顾身的精神。不是说只要功夫深，铁杵磨成针么，有了这样的精神，还怕不起眼的遥远成不了大气候？

可惜的是，遥远在结婚后专注的是西瓜皮，这让杨小鸽恼火透了。一个大男人，整天对付一堆啃剩下的西瓜皮，恶心不恶心啊。遥远嬉皮笑脸地说：不恶心，不恶心。

遥远对付瓜皮的时候，像做刺绣的女人。他在桌子上铺一块墨绿的丝绒布，然后摆上一把一把闪亮的刻刀，工具的精致和瓜皮的凌乱形成了鲜明的对比。遥远先把瓜皮切成一定形状，然后用一把大刀把瓜皮内层凹凸不平的红瓤削去，这才开始他对付瓜皮的"工作"——雕刻。

只见遥远轻巧地一旋一转，绿生生的瓜皮和白亮亮的刻刀在手指间翻飞，一会儿，他放下瓜皮端详，一会儿，又飞快地换了一把刀舞动起来。待到雕刻渐渐进入尾声，遥远会轻声唱起一首歌：半个月亮爬上来，伊啦啦，照着我的姑娘梳妆台……往往在歌声中，遥远的雕刻完成了：玲珑剔透的一幅风景画，或者一个美丽的女子剪影。

杨小鸽看遥远陶醉的样子，还有听到他每次哼出来的歌就来气。她固执地认为遥远的内心藏着一个和瓜皮有关、和姑娘有关的故事。她太了解遥远的性格，一旦心里藏了瓜皮和她之外的姑娘，那就一辈子都别想让他忘记。杨小鸽开始哭，闹，使小性子，住娘家，反正女人能用的招数都用了，遥远就是不告诉她关于瓜皮和姑娘的故事，说都过去了，说出来挺没意思的。杨小鸽气坏了，拧着遥远的耳朵说：遥远，你要再摆弄那破瓜皮，再哼那歌，咱就散伙。

遥远还是嬉皮笑脸：小鸽，别啊，没你想的那么严重。这让杨小鸽很无可奈何。日子就这样在坚持和斗争中过去，杨小鸽依然买瓜吃瓜，遥远依然刻瓜皮，唱半个月亮爬上来。

当遥远把一本雕刻大赛的获奖证书和 1000 元奖金递给杨小鸽的时候，杨小鸽吓了一跳：这玩物丧志的东西还有人设奖？遥远说：艺术都是从生活中来的，任何事就怕做到极致。就这么简单。

后来，遥远就业余兼职给一家五星级宾馆做菜品点缀雕刻，依然是刻瓜皮，收入不菲，杨小鸽和遥远的日子也过得滋润起来。这是题外话。

题内话是，当杨小鸽很乖地偎在遥远怀里，认真地问遥远，为什么只喜欢雕刻瓜皮时，遥远终于开口说了瓜皮的故事：小时候家里穷，我经常在街上溜达，看见卖瓜的瓜摊上有人吃瓜，就站在旁边等，等那人吃完了，以飞快的速度捡回家，捡够七八块，洗干净切了啃过的一层瓤和绿皮，母亲炒了当菜吃，那味道，绝对是世间美味。有时候，有的人把瓜啃太狠见了绿，捡回家实在不能炒菜，母亲就让我拿去玩，瓜皮在手里湿湿滑滑的感觉真的很好。后来，爸爸妈妈都去世了，我就更喜欢瓜皮。

遥远嬉皮笑脸地讲着，却把杨小鸽的眼泪讲出来了，她温和地拍拍遥远的脸：我明白了，不了解你过去的苦，对不起。遥远哈哈大笑起来：啥苦啊，都过去了。

杨小鸽问遥远，可你干吗要唱半个月亮爬上来啊？瓜皮和哪个姑娘有关？遥远很认真地说：有关。有个傻姑娘没有嫌弃我的卑微和贫穷，让我过上了幸福的生活，我才能快乐地刻瓜皮，快乐地唱歌。我希望所有的瓜皮雕刻都是献给她的最美的礼物。

　　杨小鸽又哭了，哭着哭着在遥远背上捶开了：小样！讨厌啊你。

　　遥远又换上了嬉皮笑脸的表情：半个瓜皮爬上来，伊啦啦，送给我的姑娘小鸽子，伊啦啦……

回　家

离过年还有三天。家家户户忙得团团转，吃的用的，屋里屋外，一样一样打点，一样一样收拾，没有头绪的女人手里拿了这样又去做那样，遭到男人恶毒的咒骂。

猴子一样的孩子，到处乱窜，花几毛钱买一盒小炮，在门口一会儿"啪"一声，一会儿"啪"一声，"啪"得女人心烦意乱，过去踢一脚，小猴子跑没影儿了。不一会儿，女人又想起小猴子还没吃饭，就站在院门口，花腔女高音似的喊叫，叫几声不见答应，还准备再叫，男人又吆喝：号丧呢？

这个时候，只有白小洋一家人忙得心不在焉，忙得沉寂安静。

因为，白小洋还没回来。他出去打工了，到一个叫赵家营的地方。

白小洋正月初五走的时候豪迈地说：到年底，不拿回来3000块钱，我就不姓白。

白小洋的爹狠狠地"呸"了一声：那你姓啥？

白小洋说是十六岁，实际年龄只有十五还不到。书念到实在念不下去，白小洋就开始逃学。逃了几次后，班主任说叫家长来，白小洋知道叫家长会是什么后果。他爹最拿手的是给他"熟皮"。一根架子车拉带，折一下，抢过来，抢过去，白小洋开始还能顽强地顶住，慢慢就像杀猪一样嚎开了，嚎到气息慢慢小下去，白小洋的爹才扔了结实的帆布拉带：皮痒了你说话，再给你熟一熟。白小洋最害怕他爹给他"熟皮"，于是，他把书本卷巴卷巴，彻底回家了。他跟他爹说要出去打工，要赚钱，赚了钱翻房顶。

这次，白小洋的爹很破例地没有反对。他好像找不出反对的理由，尽管他很希望白小洋能把书念好，能有出息，能考上大学，能让祖坟上冒一丝青烟，可白小洋似乎根本不是那块料，他家祖坟上似乎也只能长狗尾巴草了。房顶的青瓦烂了几块，一到下雨就漏，雨大了盆盆罐罐都用上，地上还是一摊一摊的水。

白小洋看他爹没反对，兴高采烈地到处联系出去打工，最后才说好跟一个拐弯亲戚去河北做箱包。

收收种种，洗洗涮涮，一年时间就过去了，白小洋在赵家营也待了一年。中间写过一封歪七扭八的信，说是给箱包装轱辘，活不重，就是时间长点，也不能请假，只能等到过年再回来。

离过年一天近似一天，白小洋的父母就一点一点盼望起来，心也一点一点揪起来，揪成紧张的一团，揪得做什么都没有了心思。

腊月三十的半下午，巷子、院子里都扫干净，对联贴上，饺子也包好了，白小洋终于热气腾腾地回来了。一见白小洋进门，一家人揪着的心放下了，屋里、院里沉闷紧张的空气也松弛下来，舒展了。

白小洋两手空空，嘿嘿嘿不停地笑。

他爹上下看看，白小洋没缺胳膊少腿，说：好，安全回来就好。说完伸出手：钱呢？

白小洋还是嘿嘿嘿笑，笑得狡黠诡异：一分没有。

咋了？被人偷了？

没有。

让人骗了？

让人骗？你们也太小看我了。只有我骗别人的份。

白小洋骗人的过程是这样的：

老板结了账，告诉他们留下回家路费，剩下的全部寄回家，免得丢了或者路上被人偷了。

白小洋有点为难。他走的时候说要给家拿3000块的，他现在手里的全部钱数是3102块。如果他留足路费和路上吃喝，刨去寄钱的手续费，他就不能寄3000，而顶多只能是2900块。

白小洋坐在邮政储蓄所门口的长凳上，思来想去，动用了一个十六岁少年的全部智慧，还有一年来在城里增长的见识，他终于想出了一个办法。他把所有的钱都寄了回去，一分不剩。然后，他来到救助站，哭丧着脸说他的钱丢了，回不了家。救助站的人问来问去，又翻翻他的兜，确实一分钱没有，就说先住下，马上要过年了，会尽快给他买车票让他回家。

白小洋就这样，从一个救助站到另一个救助站，像转运货物一样，辗转了九天才被转到离家最近的汽车站，他又花了三个小时，终于在除夕的饺子下锅前，回到了家。

白小洋得意扬扬地说：你不知道，人家那屋有暖气，管吃管住还管车票，还给你买车上吃的东西，好得不得了，要不是过年，我都不想回来了。

他爹在他后脖子上拍一巴掌：不回来？不回来你试试！

白小洋兴奋的声音一连串冒出来，冒到屋里的每个角落，冒到全家人的心里，把一家人绷了几天的神经都点燃了，像灶膛里的干树枝一样，噼噼啪啪的。大家跟白小洋一样，开始兴奋，粗声大气地吆喝，放肆地笑，好像占了城市多大的便宜。

吃饺子的时候，白小洋郑重地对他爹说：过了年，等钱到了你就找人翻房顶。

他爹说：行，听你的。

寻找理由

临睡觉前，小曼一边收拾着儿子的衣服，一边对黑子说："我明天要出差。"

黑子正在看足球，眼球一刻不离盯着那个雪白的小球滚来滚去。"去哪儿？""鹰城。"

鹰城是省会，小曼每年都要去开几次会。黑子说："几天？""大概两三天。洋洋的衣服我都整理好了，放在柜子边上，你的内衣放在抽屉里。"黑子答应一声，眼睛仍粘在飞来飞去的球上，小曼仔细地整理着自己的东西。

第二天早上，小曼亲了亲洋洋的额头，微笑着和黑子、洋洋告别，到楼下打了一辆出租车，直奔汽车站。

豪华大巴准时发车，路边的景色很宜人，黄的油菜，绿的麦田，红霞飘飞的桃林，小曼将头轻轻地靠在车窗上，欣赏着美景。

心，飘飘地飞起来。人，突然也飞了起来。小曼只听到一声巨响，然后就什么也听不到了。

黑子接到通知是在两天以后，待他看到小曼的时候，小曼已经在冰冷的冷冻箱里残破着。警察交给他一只大袋子，里面装着小曼的染满了血迹的手提袋还有一只旅行包。

"汽车在开往临城的路上出了车祸，车上五个人遇难。"

黑子接过大袋子的时候，眼里本来蓄满了泪水，他是要号啕大哭的，可一听到警察说去往临城的路上，他立刻惊觉起来："你是说去往临城的路上？"

黑子痛苦的感觉一下子消失掉大半，小曼不是去鹰城了么？好好的怎么会去了临城？她去临城做什么？

黑子赶回家，把警察给他的那只大袋子里的东西哗啦倒在地板上，先翻检小曼的手提袋。手机、钱包、口红、梳子、餐巾纸、充电器，没有任何可疑的东西。手机，黑子打开小曼的手机，查找通讯记录，最近记录的拨出、接入、未接电话，除了黑子和家里的就是小曼办公室的。翻完了地上所有的东西，黑子开始翻家里，本来整洁的家顿时一片狼藉。他还是没有找到答案。

小曼的妈妈和妹妹来了，还没进门就开始痛哭。黑子拉开门让她们进来，劈头就说："妈，小曼跟我说去鹰城出差，可她怎么在去临城的车上？这到底是咋回事？"

小曼的妈妈和妹妹立时止住了哭泣："她怎么会在去临城的车上？"

丧事按照程序草草地操办着。黑子看到洋洋悲伤的眼泪，不由苦从心来，也放声痛哭起来。中年丧妻，洋洋还小，以后的日子可要怎么过啊？哭着哭着，黑子又想起小曼是死在去临城的路上的事，心里又抓挠起来。小曼，她到底去临城干什么？为啥还要骗他说去鹰城？

小曼化成了一把灰，被安放在公墓的一小块水泥底下，冰冷孤单。

周围的人，似乎还没有忘记小曼是死在去临城的路上，还骗了丈夫说去鹰城。她到底去那儿干吗？同事见了面，意味深长地一笑："还能去干吗？"邻居说："多好的孩子啊，没想到……"大家的潜台词里隐藏了一个共同的答案：那就是小曼去临城肯定不是干好事。一个女人独自去临城，还能干吗？

黑子翻出了小曼大学的同学录，还真找出了一个家在临城的同学，而且是男同学。黑子按照通讯录上的电话打过去，对方说辛城毕业后就没回临城，分在外地工作，这是他老家电话。黑子说他是辛城同学，让辛城家人告诉他辛城的手机号。

黑子拨过去，辛城一听说是小曼的丈夫，很热情。黑子问他最近回临城没，辛城说没有，都快三年没回去了。黑子问他最近和小曼联系没，辛城嘿嘿一笑："查岗查这么严？毕业后我和小曼都没联系过。她最近好吗？"黑子不吭声，挂了电话。

黑子越想弄清楚小曼去临城的理由，越感觉自己陷进了一个很大的泥潭中，而且越陷越深。临城没有亲戚没有朋友，唯一的一个同学又很久没有联系过，小曼她到底去临城干什么？黑子痛苦地想，小曼和自己过了将近十年，莫非她一直都在欺骗着自己？

小曼去临城的理由，如一团重重的浓雾，笼罩在黑子和许多人的头上，久久不能散去。

后来，黑子的同学看他快被这件事折磨得神经错乱了，就瞎出主意："你不如去长途汽车站看看电脑售票记录，看能不能找出点什么线索。"

黑子去了，汽车站的人很热情地为黑子找到了那天早上九点钟的售票记录，结果却令黑子大吃一惊：那天早上，往临城去的车票在八点半以后再没有卖过，而八点半以前，小曼还在家里跟黑子、洋洋道别。

"怎么会这样？"

售票员说："可能是她上错了车，开往鹰城和临城的车是同一个时间发车。"

对售票员的解释，黑子不能接受。他觉得事情绝对不会这么简单，他要继续寻找小曼去临城的理由。

在观头的一天

是他说要和我一起到观头去的。

观头这个地方一点也不有名，但风景很好。我从小在这里长大，有山，有水，这就够了。当然，还有安静。

每天清晨，在鸡、牛、羊的叫声里醒来，阳光从窗户爬进来，抚摸仍躺在床上人的脸。院子里，高大的泡桐树上，会有野画眉在很耐心婉转地叫。低处，是葡萄、月季、芍药、牵牛花等等。在一段时间里，还会有成熟的果实，葡萄或者石榴，新鲜甜美。

于是，我经常会回到这里来。

自从乔智听我说到观头这个村庄，他就像一只辛勤的蜜蜂一样缠着我，不停地在我耳边嗡嗡嗡。他说他要找的就是这样一个地方。风景区？喊，太俗，人还那么多，下饺子一样。

普罗旺斯，听说过吧？我摇摇头。

乔智冲我一耸肩：嗳，嗳，我说你都知道什么啊！你总不能整天趴在桌子上，把自己弄得像一只忠实的狗一样。见我斜眼看他，乔智明智地闭上了嘴巴。

耐不住乔智的死缠烂打，我终于答应下周末带他回去，到我的观头村去。

观头，我的普罗旺斯。乔智在我身边转了个圈，很柔美地做了个拥抱的动作，脚底一旋，拥抱着虚处，旋走了。

按照约好的，星期六一大早，我带着乔智坐上了开往观头的汽车。看样子，乔智有点失望，他以为我们会开车去。

公共汽车里人太多，很多人在抽烟，咳嗽，还有人响亮地朝窗外吐痰。有人拎了一捆芹菜上来，放在乔智脚边，车厢里弥漫着新鲜芹菜的味道。

到达观头的时候，是上午十点。

乔智顾不上放下背包，很兴奋地在院子里喊，做深呼吸，翻弄葡萄叶，看有没有成熟的葡萄。我从屋里搬出两个小凳子，放在房檐下，又搬出一张矮小的桌子，准备泡茶。

停，停，别忙乎了，乔智打断我，我们去村里走走。他的兴奋像高烧一样持续不退。

于是，我领着他在村里走走看看，给他一一介绍。村中央的柿子树，年岁很大的枣树，沟里的竹林，打麦场，麦秸垛，这些都让乔智觉得新鲜，他拿出数码照相机，很专业的样子，热情地把这些一一拍下来。碰到在巷子里玩耍的孩子，乔智更是对着猛拍，孩子们停下来，不知所措地看着他。

快到中午的时候，乔智开始显得有点焦躁了。他先是说脚累，要回去，然后又频繁地掏出手机，翻看短信，播放音乐。我问他怎么了，他回答，有信号啊。

果然，乔智忍不住了，站在一个硕大的麦秸垛旁开始发短信。不一会儿，滴水一样清脆的短信铃声响起，乔智打开看，笑了。

朝回走的路上，乔智把照相机装了起来，手里换了手机，一直不停地摁来摁去，收发短信。乔智说：这些女孩子，不好哄哦。

中午饭很简单，我从院子里掐了一把苋菜叶，用一只小电炉煮了两碗方便面，乔智直喊：好吃，好吃。吃了中午饭，乔智问我：这里能上网吗？我摇摇头：不知道。我是真不知道，我从来没在这里上过网。

乔智很麻利地从他的背囊中掏出一个笔记本电脑，放在小桌子上。我惊奇地看着他，他诡秘一笑：试试，试试。

一试还真可以，乔智一边轻快地点击，一边嘟嘟囔囔埋怨说网速太慢。我告诉他知足吧，这里是农村。他掏出照相机连线，把照相机里的照片倒腾到电脑里，压缩，裁剪，一会儿工夫又传到了网上，一个又一个网站。我很奇怪，他怎么熟悉那么多地方。

乔智打开那些网站，给我看他发的图片和文字，让我看那些回复。我的普罗旺斯，一个叫观头的地方，乔智激动得不停摁鼠标，另一只手来回搓自己的腿。

人气，人气。瞧瞧，瞧瞧，马上就成热帖了，我就知道是这样。

那个下午，我们哪儿也没去。村外的水库，泉水眼，苇子沟，乔智之前要去的地方都没去。乔智没提出来，我也懒得再动，院子里也很好啊。

我们坐在观头的屋檐下，欣赏着乔智拍的观头，既熟悉又陌生。看着一个又一个跟帖的人发出赞美的声音，我也有些激动了。

天，就这样接近黄昏，远远有牛拖长了声音在叫。

我催乔智，该走了，要不就得住在这儿。乔智似乎还没有住在这里的打算，他答应一声，恋恋不舍地关了那些网站，关了电脑，跟着我离开我的观头，离开他的"普罗旺斯"。

回去的路上，乔智还在不停地赞叹：太美了，这一切太美了。

逃

你见过我吧？我敢说你肯定见过我，我已经是个完全透明的人了，包括我身上有几颗痣他们都知道。

那样的事谁没干过？

现在，我的肠子都悔出血了。心情不好，心情再不好我踢自己也不能去踢那个破垃圾筒啊。

一阵风，这不是最根本的起因，但它扬起了很多的灰尘，毫无商量地朝我涌来，扑打在我的脸上、身上。我"呸"一下嘴里的灰尘，又骂了一声，这破天，这破地，这破城市。然后，我的右前方就出现了那只让我倒霉的垃圾筒——这是为配合创建卫生城市更换的垃圾筒，据说是环保材料制作的，红红绿绿代替了以前的白色不锈钢，一对一对，跟点冒号似的，点在街道两旁。

一个红色的冒号正好在我脚边出现，我其实什么都没想，就是顺势抬起一只脚，朝冒号中的一个踢了一下。要在平时，让我踢它，我都嫌脏，可那一刹那，我真是让鬼拍了脑袋了，居然主动踢了垃圾筒一下。也没怎么用力，我跟垃圾筒又没仇。

但就是那一脚，让我从此不得安生。

我不知道那个无所事事的家伙藏在哪儿，还居心叵测地端着照相机

（我恨死这东西了），而且他的照相机还正好打开着，还对着那只肮脏的垃圾筒。我实在佩服他的摄影技巧，他怎么就没成摄影家呢？我很纳闷。我随意的一抬脚，就短暂的一两秒的工夫，他居然就抓拍到了，就立此存照了。我有点扭曲的面部，我好像很恶毒的一脚，都清晰地被拍了下来，我浑身是嘴都说不清楚了。

最可恶的是，那个没有成为大师的家伙居然把这张照片发到了互联网上。只在一夜之间，估计大半个中国要有几亿人都知道了这件事，反正，等我知道的时候，只要输入"踢"或者我的名字，就有几十万条搜索结果，随便点开哪一条，就可以看到我"丑恶"的嘴脸，还有我那"罪恶"的一脚（这是他们说的）。

跟帖发表评论的就更多了，多得我看都看不过来。大家异口同声谴责我，说我破坏城市建设，说我道德败坏，说我行为不端，说我缺乏教养，好像我打小就是个不良少年，一贯仇视社会，脑后长了反骨，搁封建社会早就揭竿而起了。

你说无聊不无聊，居然，居然他们还查到了我的家庭住址，我的工作单位、联系电话、手机，包括我的身高、体重、爱好、血型，还有我大学的老师，中学的同学，甚至幼儿园给我喂过饭的保育员。他们把我从小到大做过的坏事全揭露出来了，我四岁时候抢过一个叫圆圆的小朋友的一块大白兔奶糖他们都知道。

他们说，我上小学迟到过十三次，有八次被老师罚站，有五次是罚我抄课文。上中学，我喜欢揪前面女同学的辫子，拿粉笔砸过一个叫李佳亮的同学，还给吴明的鼻子打出血。上大学，我干的坏事就更多了，简直就是罄竹难书。

我没办法再看那些言论，我不知道我从什么时候起变得那么坏。我翻出家里的奖状、三好学生奖章、荣誉证书，那是发给我的吗？我的心突然快速跳动起来，自己能感觉到脸红到了脖子根。这些荣誉，也许都是我用卑劣的手段骗来的，肯定是。

首先在单位，我待不下去了。领导和同事轮番来给我做思想工作，因为要采访他们的人快把他们的手机打爆，他们快要崩溃了。而且，他们也似乎在一夜之间发现了我狰狞的真实面目，开始疏远我，好像我就是艾滋病毒。最后领导几乎是哀求我：你走吧，工资照发，你喜欢去哪儿就去哪儿，工资会按月打到你的卡上。

无处可逃。

我只能回家。可我家楼下已经满是那些想挖掘我丑行的人，甚至楼对面的房屋，也被他们租用，他们在一扇扇窗户里，伸出黑洞洞的照相机镜头，时刻瞄准我。太恐怖了，我害怕看到那一个个黑色的洞。小时候，我奶奶说照相机"咔嚓"一下，人的魂魄就被吸走一点。她老人家真是伟大的预言家，我的魂魄就是被"咔嚓"一下吸走的。

最后，老妈动用了她最严厉的武器——眼泪，在一个深夜把我推出了家门，老妈说：不是我们不爱你，我们实在不敢爱你，不能爱你啊。

我已经无处藏身。无论我走到哪儿，大家都认识我，比过街老鼠更能引起大家的不安情绪。我只好远离人群，逃到深山，找到这个废弃的小窑洞，在这里安心生活。

你说，没事我踢那个垃圾筒干吗？

哎，你说，我真的就像他们说的那样，那么坏？坏得那么彻底？

哎，你说，你看我像个坏人吗？

哦，你不会说，你只是只蜗牛。

爬半天，累了吧，你也歇歇。

洪水漫过村庄

洪水来临时，没有一点商量的余地。

后半夜，村里的人们是被巨大的轰响声惊醒的。他们坐在床上迷瞪了好半天，耳边是噼里啪啦抽在窗户上的雨声，急切的水流穿过村子空空空的声音。

女人推推身边的男人：这雨，太大了。

叫大憨的男人嗯了一声，翻了个身，嘴里嘟囔一句：大就大嘛。

女人又推了男人一把：别睡了，有点不对劲。

大憨醒了，他仔细听了听外边的声音，突然一激灵坐起来：不对，不对，怕是要发洪水。

大憨喊女人赶紧拉灯，女人说停电了。女人摸索着在找蜡烛和打火机，大憨的脚在地上蹭着找鞋，找到一只，另一只不知道被女人踢哪儿去了。

大憨顾不上再找鞋，光着一只脚跑到西屋，两个儿子在那屋，他得叫他们起来。

女人找着了蜡烛，一手护着摇曳的一点烛光，一边跟过去，到西屋去叫儿子。

大憨见女人进来，他说：你赶紧叫他们起来，我去看看。

大憨打开屋门，想看看雨到底有多大，可他刚拉开一条缝，门外的风胁裹着猛烈的雨，差点将他推倒在地，他忙拉住门板才勉强站稳。

门外黑漆漆一片，什么也看不到。除了风声、雨声、水声，还有牛在圈里的叫声，急促凄厉。大憨预感到，这将是一场罕见的暴雨，暴雨如果持续时间过长，山洪暴发，这个建在山沟前狭长地带的村落，将被洪水夷为平地。

大憨忽然想起住在后沟的娘和二弟一家，他扭头吆喝女人：你看好俩孩子，我去把娘接过来。

女人答应一声，想喊小心点，大憨已经出去了。门敞开着，风和雨呼地一下，灌满了整个屋子，两个孩子躲在女人怀里，一声不吭。

大憨摸黑走出院门，才发现门前已经是汪洋一片，水，像一条河流，在村子里急迫地寻找着出口。他听见周围有邻居在喊叫，但他看不见人影，偶尔有手电筒的光一闪，像一把大刀在空中劈了一下，霎时便没了，除了眼前的水有一点点的亮色，一切又都陷入黑暗。

大憨试着往后沟走，水已经到膝盖了。他边走边大声吆喝，让大家赶紧到前沟的高处去。有人叫他的名字，有人在答应，还有孩子的哭声，牛、羊的叫声。大憨想走快点，赶紧把娘接出来，接到他家去，他家好歹在前沟，地势略高些。

大憨脚上的一只鞋不知什么时候掉了，两只光脚在水里摸索着。一只脚的脚心可能被碎玻璃扎了，钻心地疼。

雨，复仇似的，下，下。大憨还在喊，让大家快点到前沟去，一家一家吆喝着家里男人的名字，让他们快点。

约莫快到二弟家了，大憨喊二弟，喊娘，让二弟把娘背出来。二弟在不远处答应了一声，说他回去背娘去。

就在这时，山洪暴发了。

大憨只听见轰隆一声，脚底下便失去重心，整个人被推出去很远，失去了感觉。

第二天早上十点多，雨停了，山洪成了一小股温顺的泥水，在村里慢慢地爬。太阳居然出来了，亮晃晃地晒着一片狼藉的村落。大憨是在一棵树根前被人发现的。

大憨在医院昏迷了整整三天，县领导给县医院下了死命令，要他们不顾一切抢救大憨。

大憨是英雄。是他在洪水来临前，不顾自己家人的生命安危，督促大家转移的。县里要大树特树这个舍己救人的英雄，要开大会表彰，要给他戴红花，号召全县人民向他学习。

大憨在医生和护士的努力下，终于醒了过来。

眼前晃来晃去的是领导亲切的笑容，还有很多的记者。大憨问：我娘呢？我二弟呢？我媳妇呢？

没人回答他。虚弱的女人抱着两个孩子在走廊里坐着。

当大憨能慢慢下地活动的时候，县里为他开了隆重的表彰会。在县影剧院，满满当当都是人啊。

有人给大憨写好了发言稿，要他照着念。

会场的气氛很好，很热烈。大憨戴着红花走上主席台，他面向观众深深鞠了三个躬。

他说：我娘和我二弟一家死了，村里二十三口人死了，十三家人的房子冲没了，大伙知道吧？

有人在台下提示大憨，要他照稿子念。

他说：我算个球英雄，我连亲娘老子都没救出来啊。

他说：二十三条人命啊，二十三条人命！

大憨从身上扯下那朵硕大的红花，扔在地上。他趴在发言台上号啕大哭起来，哭他的老娘，哭他二弟一家，哭他的邻居。

二十三条人命啊，怎么能被他这个英雄轻描淡写地掩盖？会议从头到尾，没有一个人提一句，没有！大憨怎么也想不通。

荒

岛，的确是荒岛。

偶尔的闯入者看见过碗口粗的蛇吊在树上吐着长长的芯子，还有猛兽。

民厌恶那个城市的遮遮掩掩和诡谲莫测，心怀鬼胎的人们时刻算计着别人和被算计，他怀着去死的决心登上了荒岛。让蛇吞了，让兽食了，总比让人折磨得不死不活要好。

民来到岛上，郁郁葱葱的森林，清浅的小溪，歌唱的小鸟，奔跑的野兽，让他欣喜若狂。

三个月过后，民觉得有点儿寂寞了。他和鸟兽尽管相处和谐，可彼此语言不通，他太需要把内心的感受告诉一个能听明白的人。于是，他下岛，说通了一个女人跟他来到荒岛，两个人的日子有了诉说和倾听。

没持续多久，诉说和倾听变得重复、无聊，而且，两个人过日子怎么可以没有孩子呢？于是，他们生了一个孩子，健壮得像一头小豹子一样的儿子。

儿子一天天长大，在森林里跑来跑去，赤身裸体，奔跑的速度像风，爬树的敏捷像猴子。民的妻很担心，孩子要变成野人了，可怎么是好？他必须得到教化。

负责教化孩子的老师被请到岛上，他耐心地教给民的儿子礼仪、知识。民的儿子渐渐失去了奔跑的能力，变得温文尔雅。到了十八岁，民的儿子提出他该结婚了，他要享受爱情。

第五个出现在岛上的，是一位善良美丽的姑娘，她和民的儿子结了婚。她带来了她的父母和弟弟，民和他的妻与两位亲家一起吃饭，聊天儿，谈论他们的儿子和女儿。

矛盾是偶尔产生的，来自那位教师。他因为那位弟弟骂了他，便恶毒地编造了一个谎言。民和亲家大吵一架，谁也不理会谁，除了那位教师，又没有第二个中立的人来劝诫，他们整日不说话，彼此像仇人。

民觉得必须树立自己在岛上的威信。岛上的第九个公民来了，是一位公正的律师，他帮助民调解了和亲家的矛盾，并为民制定了岛上的公约。民作为岛主，拥有岛上的最高权力。监督公约执行的两名检察官来了，保证公约执行的三名士兵来了，这都是缺一不可的。

随着公约的执行，其中的漏洞越来越多，完善漏洞的同时，新的职业诞生了。民的儿子成了从城市向荒岛选拔输送人员的最佳人选，他的妻则做了他的秘书，帮助登记每天都有哪些新的职业诞生，需要多少人员来补充。

厨师、保姆、巫师、侦探、心理医生、经纪人、司机、工人、制造商、乞丐、银行家……几乎每隔两小时，就有一个新的职业诞生。民看着他手下的子民越来越多，大家天天早上向他朝拜，温顺地听他训导，实在太高兴、太满足了。

民的儿子垄断了整个岛域经济，成了岛上的经济巨头，他的钱多得无法计算，不知道怎么去花，只知道如何去挣到更多的钱。他的父亲是岛主，那么他理所当然要拥有岛上的全部资产，他不能容忍还有那么多人从他的手里挣走工资，他开设了妓院、赌场、美容院、服装店，他必须让那些人把挣走的钱再乖乖地送回来。

民每天站在岛的最高处——官邸的楼顶，看着岛上的变化，得意扬扬。这都是他的功劳啊，他是这座小岛的开拓者，是至高无上的王。

森林已经砍伐得差不多了，要造纸，要造各种各样的房子，到处需要木头。森林没了，民就命令大家种草。驱逐和猎杀，让鸟兽变得非常稀罕，民命令大家紧急建造动物园，把剩余的动物保护起来。

政变似乎在一夜之间突起，有人说民老了，要他让位，说他的儿子骄奢淫逸，横行霸道，让岛上的经济处于极度混乱的状态。

尽管政变被镇压下去了，可民变得焦虑不安，他不知道那些觊觎他的权力和他儿子金钱的人藏在哪里，他们什么时候会突然再次发起政变，甚至突然枪杀他们，或者绑架他的孙子。

民的焦虑越来越重，整日忧心忡忡，疑神疑鬼。岛上最权威的医生说，民患了抑郁症，他必须到一个清静的地方休养三个月，否则，他不会活过一年。

民听取了医生的劝告，他给儿子留了一封全权委托书，要他处理岛上的一切事务。

民乘坐一叶小舟，在一个清晨离开了岛，他的手下已经为他寻找到了另一座荒岛，他将一个人在那里静静地调养。

小舟渐行渐远的时候，民回头看了看曾经的荒岛，现在，那是一座多么美丽的现代化城市啊！

猪肉飘香的下午

从早上开始，村子里就酝酿了浓烈的喜庆气氛。这种突如其来的气氛甚至有些神秘。

不过是普通的冬天里的一天。

风停了，太阳照得很好，巷子里来回跑动着一群猴子一样的孩子。这些孩子一律黑色的棉袄、棉裤、棉鞋，没有衬衣、衬裤、袜子，有些甚至连内裤也没有。他们的跑动带来的风，从领口、衣摆、裤腿四处钻进去，让他们的鼻涕拖很长，让他们的手背、脚脖皴出一条条白硬或黑红的口子。

小全是这些不停跑动的黑猴子中的一个。他也和他们一样兴奋，用他们自己的方式庆祝这一天的到来。

小全他们的集体兴奋，是因为马上要杀猪了。

杀猪，可以说是比节日还要隆重的节日，是除了过年之外最让人期待的一天。

一口直径近两米的大铁锅，支在场院边的那个土坑上，坑下的火烧得旺旺的，老树根不时爆出一声巨响，一锅开水冒着喧闹的热气。

肥猪早就拉出来了，绑了腿躺在地上，不停地嚎叫。那嘹亮的声音，听起来悦耳极了。

很多男人、女人拢了手站在场院边，观看这场盛大的杀猪活动。那些黑猴子们停止了跑动，很老实地待在人群的最前面。

一张破床板，放在土坯垒起的矮台上，猪被抬上来，几个人按了身子和腿，尖利的刀子从脖子捅进去，鲜红的血冒出来，瓷盆接了鲜血，立即放上盐，不停搅动，一盆鲜血冒着浓稠的血沫被端走了。

猪渐渐失去了尖厉的号叫，一把小尖刀在猪腿上剔开一个小口，杀猪的强叔对着口子把脸憋得通红地吹气。一会儿工夫，猪肚子鼓起来，一根铁条，在鼓胀的猪肚子上捶捶打打，接着再吹，再打，然后绑了开口，扔进大铁锅。

卷的铁片，刺啦刺啦从泡在开水锅里的猪身上刮过，留下一溜雪白，又一下，又一溜雪白。猪脸、猪腿刮不净的地方，用烧红的火锥烫，难闻的焦煳味迅速散开，在整个场院里飘来飘去。

铁钩挂起收拾干净的肥猪，强叔拿一把刀从猪肚子上一拉，再一拉，双手进去一掏，一堆乱七八糟的肠子、下水出来了，猪尿脬出来了。小全他们这群黑猴子等的就是这个，一哄而上，抢啊，不一会儿，那个猪尿脬就被吹得大大的，在黑猴子们中间跳来跳去。

猪杀好了，接下来就是分肉卖肉。

卷卷的烂票子从腰里掏出来，1毛，2毛，1块，2块，一卷烂票子换回一块肥肉，男人、女人喜颠颠地回家，他们家的黑猴子也突然冒出来，老老实实跟在后面回去了。

持续到半下午，整个过程基本进入尾声，连那些脏兮兮的大肠也被买走了，留下湿漉漉满地猪毛和点点血迹，还有收拾东西的强叔以及帮忙的人。

用不了多久，风箱的"冬——啪——冬——啪——"声传来，厚实的炊烟从各家院子里升起，几乎家家都在煮肉了。整块的肉要先大火煮了，倒了水，然后再二遍煮，然后切了纯肥的肉炸油，肥瘦相间的用面酱炒……这中间要持续两三个小时。于是，这段时间，整个村庄似乎都陷在肥腻的肉香里，村子的角角落落都是那种浓郁的香味，让人的味觉、消化系统兴奋的香味。那种香，真是太让人难忘了。

小全没有回家。

这个瘦小的黑猴子在村里四处游荡，拼命地朝肚子里吸着那些溢出来的香味，似乎鼻子吸饱了，肚子也会饱。可结果是，他的肚子里除了空荡荡的冰凉，什么也没有。

小全也会在谁家院门口站一站，希望有人会发现他，会叫他进去，给他一片肥肉，哪怕炸油剩下的一块焦黑的油渣呢。没有人叫他，每家的黑猴子都跟贼一样盯着锅里、碗里，生怕少吃了一点，谁还会叫他进来再分上一口呢？

父亲不在家，母亲病着，这个冬天没有人给小全买肉。

村子里安静极了，好像所有的猪啊鸡啊牛啊羊啊都在分享美味，不发出一点声音。小全几乎转遍了整个村子，越来越饿，肚子开始疼。但他不想回家，家里四处冰凉，还不如村子里的这些香味让人感到温暖。

猪肉的香味渐渐稀薄了，淡了。天完全黑下来。

小全坐在一个高高的麦秸垛上，开始流泪。

后来，小全开始哭，开始叫父亲，叫父亲的名字。

村里的人都在猪肉的香里沉沉睡去，今天晚上会做一个好梦了，谁又会在意一个八岁小男孩悲凉的哭声呢？

与美国紧密相连

因为表哥，我和美国的距离一下近了，好像美国就在眼前，有许多的事需要和美国人民商量。

不知道美国人民吃不吃醋？在我有限的了解里，似乎美国人民更喜欢用西红柿和西红柿酱来调出酸的味道。

表哥也许没有做过市场调查，也许他一厢情愿准备改变美国人民的生活习惯。他在电话里吼叫："我的醋将来是要出口美国的，要给美国人民吃的。"

他的醋在哪儿？在醋厂。醋厂在哪儿？不知道。

表哥给我打电话的目的，就是让我帮忙找建立醋厂的相关卫生标准、质量标准。口气里带着威胁："不好好干，将来出口美国的醋不给你吃了。"

关于这个表哥，历来"外号"比较多。从小到大，很多人对他有很多种称呼，比较让大家接受的有：土匪，活阎王，没王的蜂。除了学习不好，在吃喝玩乐上，他什么都好，精通。三代单传，娇呗。

后来，表哥结婚了。娶了漂亮的表嫂，突然就变好了，好吃好打架是改不了，其他的毛病都没了。凭着一身力气，跑长途运输送苹果，然后自己收苹果，给果汁厂送，勤快得不得了。这几年，赚了一辆大卡车不说，据说还攒了几十万块钱。

秋天的中午，我，还有好几个人，坐在房檐下，吃着表哥炖的土鸡，跑几里远买来的牛肉，听表哥"白话"，那是我第一次听他描绘他的宏伟蓝图。

院子里是刚收回来的玉米，堆成小山一样，太阳暖暖地照着。表哥粗声大气，随时准备跟人干架的姿势：你们看见没，路边到处都是柿子树。我准备投资六十万，跟人合伙办醋厂，我是大股东。就酿柿子醋，用井水，绝对的绿色食品。先供应阳店镇，再供应灵宝市，然后满足三门峡人民，然后就要出口美国！你，你们，都是免费供应。

听表哥吹得天花乱坠，我没有一点激动的感觉，这事，怎么听都有点悬。

柿子醋，我打小就吃。确实好吃，涩涩的，酸得很清香。从树上摘回来的柿子，先挑软的放在墙角，晒了吃软柿子，圆溜带柄的用柿子刀旋了，榆树枝串起来晒干，捂出白醭做柿饼，剩下没柄的摔烂了的一股脑倒进洗干净的瓮里，再倒上井水，做醋。醋酿好，先过头遍，淋出最好的一罐，然后加水，再淋二遍三遍。用柿子醋调出来的饭菜，那味道，绝佳！不光酸，还香。

走出表哥的院子，在苹果园、玉米地边，我真的看到一树一树的柿子，红得诱人。我问表哥：怎么没人摘啊？

表哥哈哈一笑：都忙着掰玉米、收苹果，谁顾得上弄它啊。坡上多得是，便宜啊。

他本来就黑的脸庞，此刻泛起一点红，精神极了。衣服披在身上，一走路，忽闪忽闪，跟一只巨大的鸟一样。

我本以为表哥只是随便吹吹，没承想，回到市里没几天，他就打电话来催，一声一声吼着，简直要火上房了。

我答应等上班再给他问，他又是一声吼：不行。现在就问，问了就给我回话，怎么干啥都拖拖拉拉。

拗不过这个"土匪"，我四处找电话，问了又问，最后在网上给他找到了相关标准，打电话给他，让他到网上下载。他哈哈大笑：你欺负农民不是？知道我不会上网。

我趁机挖苦他：不会上网还办厂啊？还当大股东？

他嘿嘿笑笑，声音小了：我不会，有人会，你说吧，我拿笔记一下。

挂了电话，我笑了：折腾劲还真挺大。

十来天后，表哥又打电话过来，要我帮他联系质监局的人，说要建化验室，得找人指导。

这下让我大吃一惊，速度不会这么快吧？

我试探问他：你真的在办厂？

他依旧是震得人耳朵发抖的笑声：你以为我吹啊？化验室正装修呢，你赶紧问问要不要铺地板砖，有没有其他要求。末了，他又大声叮咛：你赶紧啊，别拿你那一套官僚作风糊弄我，慢了将来醋不给你了，我这可是要出口美国的。

看来形势有点严重了，我必须严肃认真对待，牵扯到美国人民的吃醋问题，这可是国际大事。

我继续找人，四处打电话问了又问。

当我拐弯抹角联系好一位负责的科长，告诉表哥人家答应指导时，他在电话里又是一通大笑：啊呀，到处都是咱的人。我就在市里，马上去你那儿拿质量标准，你赶紧给我打印一份啊。

打印了标准，在楼下等他。拿到他想要的东西，表哥黑黑的脸笑成一朵不太好看的花，牙都龇出来了：下回来给你带好吃的啊。

我说：你还是早点给我送桶美国人民吃的醋吧。

他一边关车门，一边大声答应：没问题。

寻找李小里

李小里失恋了。

失恋本不是什么大事，但凡苦心追求过爱情的人，谁的身上不是伤痕累累？但李小里过不去，他说，我和你们不一样。你不知道那个女孩有多好。

李小里失恋的表现有点夸张。灌酒，啤酒、白酒、红酒，是酒都往自己肚子里灌，然后逮谁跟谁倾诉那个女孩的好，直到把人家倾诉得满脸痛苦，把他倾诉得双眼含泪才罢休，然后就把自己扔在床上没心没肺地呼呼大睡。李小里的生活就这样混乱了。

星期一早上，例会。李小里没来，主任看看李小里的桌子，除了乱糟糟的文件，还有乱糟糟的书，就是没有乱糟糟的李小里。主任皱了皱一双浓眉，李小里呢？没人吭声。李小里呢？还是没人吭声。

主任想发火却找不到对象，只好恶狠狠地憋着，开会。

一个早上过去了，李小里没来；一个下午过去了，李小里还是没来。主任终于憋不住了，给李小里打电话，问他还要不要这个月的奖金了。

其实一天之中，早有人无数次地打过李小里的手机，一直是一个温柔的女声：你所拨打的用户已关机。

听主任说给李小里打电话，大家装作如梦方醒的样子，纷纷拿起电话。当然，依然是那个温柔的女声。主任，他手机关机。

那么，给他家打电话。

主任，他家在甘肃呢。

你们脑子进水了？我是说他在江城的家。

我没他在江城的家的电话，他是租的房子。我也没有。他家好像没电话。

第二天，主任发酵了一天一夜的火气就等着李小里来爆发，可李小里乱糟糟的桌子后边依然空荡荡，那个失恋的李小里依然没来。主任的火气还得继续发酵，要大家继续给李小里打电话。

拨打了一早上，把几个同事都拨打烦了，回答他们的还是那个和蔼可亲的声音。李小里这小子，不会想不开吧？保不准，他那么痴情，不会殉情了吧？

大家越想越复杂，越说越邪乎。主任坐不住了，他的火气没办法继续发酵下去了，万一，李小里有了万一可怎么办？

赶紧，去找。

七八个人答应一声，忙抓衣服、拿包、锁抽屉，打算去找这个突然消失的李小里。大家刚走到电梯口，又齐刷刷拐回来了，谁都不知道李小里住在哪儿，只知道他在道外租了一间房子，可都没去过，去哪儿找去？

问题复杂了。李小里在江城还有什么亲戚朋友同学没有？没听说。记得他说过有个表哥在江城。哪个单位的？不知道。屁话，还不如不说。给道外派出所打个电话吧，要他们帮忙找找。有人小声说。

也算是个办法。114问了好几遍，总算是问出了道外派出所的电话。民警同志态度很好，很有耐心地听完主任的叙述，说帮忙查查。半个小时后，民警同志说抱歉，他们那里登记的暂住人口没有叫李小里的。

这下大家都傻了。李小里啊，你到底钻哪儿去了呢？

酒吧。李小里常去的酒吧。电话打过去，老板说这几天都没见李小里过去。

找他以前的女朋友。他以前的女朋友和大家一起吃过饭，可是，只知道她叫萧萧，在哪个单位又没人知道了。

李小里，就像掉进了大海里的一滴水，眨眼居然就无影无踪了，这不能不让李小里的主任和同事们惊惶失措，乱了分寸。一个大活人，一个一起工作了三年的同事，怎么说找不到就找不到了呢？

一种情绪渐渐在办公室弥漫开，寻找李小里的同时也让大家胆战心惊，原来如此熟悉的人居然是如此陌生。

报警吧。有人给主任提议。

只好如此。主任长叹一口气，给所在辖区的派出所打了电话，说一个叫李小里的员工莫名其妙失踪了，已经快两天了。派出所详细询问了一些情况，说江城昨天到今天没发生刑事案件，也没有任何自杀报告，再过两天要是还找不到，建议登个寻人启事看看。

办公室的每个人都变得忧心忡忡，他们悄悄地把老公、老婆、小姨子、大舅哥、兄弟姐妹的单位、联系电话一一写下来，贴在电脑旁边。越是社会关系复杂的人越觉得心安，那些独自在外势单力薄的就有些心虚，要是跟李小里一样孤单单，消失了几天都没办法找到，那才是活着的悲哀。

寻找李小里的启事拟好了，就在大家联系报社准备刊登的时候，李小里却回来了。

第四天早上一进办公室，李小里喜气洋洋地跟大家打招呼，嗨，我回来了。

所有人都愣住了，李小里，你怎么回来了？消失哪儿去了？

幸福生活

他喝多了，真的是喝多了。因为他话多了，话多了就把不住关了，什么都往外秃噜，像一长串葡萄一样，那些过去的事一个挨一个，密密匝匝，把满桌子人的胃都给占满了。

不记得为什么吃饭，反正是坐一起吃饭了，然后就喝酒，然后他就很豪爽地喝多了。

他左手食指尖很快速地转动玻璃转盘，右手拿筷子指点着左左右右的人：吃，吃，吃。大家都看到了从他嘴里喷出的飞沫，清晰地落到一个个盘子里。没人吃，他自己掂起筷子夹一筷子菜，然后又开始快速地转，一边嚼，一边对大家说：吃，吃，吃。还是没人吃，大家在等最后的那碗酸汤面条。

那谁，你知道吧，那是我老乡。那谁，是政协副主席。大家忙点头：是，那是你老乡。他用筷子在桌子边敲得当当响：别看他是副主席，我到他跟前说话，绝对不含糊。只是我轻易不找他。找他干吗？咱一不求升官，二不求发财，找他没必要。

还有那谁，你知道吧，那也是我老乡，一块偷吃红薯长大的，当然人家现在不吃红薯了，可咱还是农民本色，别说红薯，就是红薯叶子红薯秆，照样吃得很香。哎，服务员，你这儿有红薯秆没？没有？啥饭店啊！

这样，回头我找个地方，那红薯秆，拌得绝对好吃，大伙都去尝尝。谁不去都不行，谁不去就是不给我面子，不够哥们，啊。

别看我现在混得不咋的，可曾经我也是出过名的。我写的《天使的微笑》，那是上过报纸的，七律，都是严格按韵的。七律平仄要求多严格，但就是严格才难写，难写我才写。我把心爱的人比天使，比洁白的雪花，轻柔地落到地上，仿佛她的温柔。我送报社，总编还问谁写的，我说我写的，咋了？那是政协我老乡给我看过的。一听我说政协副主席名字，主编马上说：发，保证给你发。他们这些当官的啊，都怕领导。咱小老百姓，谁都不怕！嗝儿——他除了喷唾沫星子，又添了一样毛病，开始打酒嗝。

你们咋都不吃啊？多好的菜啊，赶紧吃，吃鱼，是鳜鱼吧，趁热，凉了就不好吃了。他又用筷子敲鱼盘子，盘子里的汤汁溅到旁边一个人衣服上，那人忙掏出纸巾狠劲地擦。

一个人去催酸汤面条了，一个人去洗手间了。剩下的几个人已经去过一次洗手间了，不能总去，就硬着头皮听着。

跟你说吧，很多事大人物办不了，可咱能办。那年，我们单位档案室达标。你们知道吧，档案室达标那可是来真的，不花钱不行，花了钱也未必就行，软件、硬件缺一不可，就那还得看人家省里来的评审组高兴不高兴。全市多少单位审了多少回了，批下来才几家？嗝儿——可我们单位申报一次就批下来了。知道为什么？你们知道为什么？

为什么？

告诉你们，那是咱一手去办的。一分钱没花！一分钱没花啊！嗝儿——他的眼睛都快睁不开了，眼看着头都快抵到桌子边上。可很突然，他又抬起头，哈哈，那是看咱面子啊，一分钱没花，咱愣是把事儿办成了。嗝儿——不管领导到现在感谢不感谢，可那是咱办的。

你可真厉害，不花钱能办成事可不简单。有人敷衍了事地附和他。

三瓶酒一滴都不剩了，桌子上的菜也已经乱七八糟，酸汤面上来了。每人守着自己面前的碗，抓紧时间朝嘴里送，唯独他，依然扬着筷子指指点点，沉浸在一些事儿里出不来。

赶紧吃啊，你的面凉了。

吃，吃——嗝儿——吃面，吃面。他看大家都吃好了，在看他，这才匆忙往嘴里扒拉两口，放了筷子，吃好了，嗝儿——吃饱了。

摇摇晃晃走出饭店的时候，他依然拉着一个人的袖子，在解释档案室达标为什么就没花钱，几个人连劝带推给他塞进车里，他的手从车窗伸出来，还在摇晃。

车开走了，大家相视而笑，这个家伙，喝点酒嘴里就淌黄河，刹不住车了。

可是，世事多艰辛，喝了酒，他才能生活在幸福里啊。

说的也是，小人物的日子，能有多少精彩？不容易了。

谁说不是呢！

头　发

离过年还有一个多月，其美发屋就热闹起来。

屋子里溢满了洗发水、烫发精热烘烘的味道，还有满地一团一团的头发，红的、黄的、黑的，纠缠不清。

秦小鸿走进来，直接朝余默默的位置看去，余默默正在给一个人上卷发的塑料棒，做一种数码烫。秦小鸿过去，叫了声：默默。余默默扭回头，一笑：先等会儿。

秦小鸿在旁边的椅子上坐下，专心看余默默给那人卷完，又上了定型的药水，然后通电加热，一会儿工夫，那人头上就冒出袅袅的热气。

余默默过去站在秦小鸿背后，看着镜子里的秦小鸿：怎么做？

你说怎么做就怎么做。

余默默把秦小鸿头上一只小发卡取下来，把她的头发放下，然后用手一遍遍地梳理，梳理，指甲轻轻地抠着秦小鸿的头皮。秦小鸿微微闭上了眼睛，她似乎听见头发发出嗞嗞的声音，还有皮肤下四处逃窜的痒。

余默默说：先去洗洗头吧。

平时，洗头都是由新来的学徒干的，像余默默这样的名剪是不需要亲自动手的。但来的是秦小鸿，余默默就必须亲自动手，因为，秦小鸿是余默默的妻子。

余默默用手试试水温，然后示意秦小鸿躺下。余默默一只手拿着喷头，一只手放在秦小鸿的头发上，水，经过他的手，然后到达秦小鸿的头发上。他的手如细的竹枝，长而柔韧，一下一下抓着，水流和手的力度一起经过头皮到达五脏六腑，到达身体的每一个细枝末节。秦小鸿真想这样躺下去，躺一辈子；水，一直流下去，流一辈子；余默默的手，一直抓下去，抓一辈子。

　　余默默停下了，一团冰凉的东西贴在了头上。秦小鸿打个冷战：什么？余默默说：别动，洗发水。

　　秦小鸿不动，余默默开始揉搓，很认真，很有耐心，好像他们之间从来就没有过争吵，没有过不和谐，没有打碎过任何东西。

　　秦小鸿想到刚进来时打定的主意，狠下的心跟一团头发似的，乱了，软了。可想到两年来的无数次大争小斗，她又难过起来，眼泪忍不住从眼角流出来，流到了耳朵里。

　　余默默很及时地用毛巾给秦小鸿擦掉眼泪，问她：怎么了？秦小鸿说：洗发水。余默默说：对不起，马上就好。

　　秦小鸿穿上黑色的袍式罩衣，重新又坐在镜子前。余默默用电吹风嗡嗡吹着头发，他不用梳子，依然用手，上上下下抓着，送到吹风机前，热的气流从脖子的缝隙钻了进去，暖了后背。

　　这样细心的一个人，在家怎么会那么懒散，那么粗鲁，那么不可理喻？秦小鸿怎么想也想不明白。

　　余默默开始修剪秦小鸿的头发。从后面开始，一层，又一层，当卡在头顶的头发全放下来的时候，余默默的工作就完成了，一头层次分明的长发衬托着一张明净的脸，依然是清新可人的秦小鸿。

　　秦小鸿突然说：我要烫成卷发。

　　余默默愣了一下，他认真看看了镜子里的秦小鸿：小鸿，烫发不合适你。你的发质挺好，烫就烫坏了。

　　秦小鸿赌气似的说：就烫。

　　余默默半天没说话，只是用手抚摸着秦小鸿的头发，像抚摸一件精美的工艺品：好吧，我给你烫。

先涂软化的药水，加热，然后上卷发器，抹定型水，加热，清洗，一系列的程序，把秦小鸿搞得昏昏欲睡，她真后悔赌气说出那句话，她只不过想让余默默的手在她头上多待会儿，余默默在她身边多待会儿。

五个小时过去了，秦小鸿的头发终于做好了，从肩头开始，几朵大大的浪花开在她瘦削的背上。余默默问：可以吗？

你说呢？

余默默不说话，转身去收拾他的工具。

秦小鸿狠狠地剜了余默默一眼，叹口气：明天抽空回去收拾你的东西吧。

余默默点点头，秦小鸿便走了。

余默默看着他亲手在秦小鸿背上开起的浪花，也叹了口气：想要的和得到的总是两码事。

大米小米

大米和小米是姊妹俩。那时候家里总缺吃的，生个丫头，奶奶一看："叫大米吧。"过了两年，又生个丫头，奶奶叹口气："这个就叫小米。"

大米长大了，找个邻村的小伙子嫁了，男人做点小生意，待她也好，日子过得挺滋润。

小米长大了，考上大学，在城里工作，爱人有本事，不大不小是个领导，小米的日子也挺滋润。

春天的时候，满院子飘着泡桐甜丝丝的香味，大米坐在天檐下给男人织毛衣，额头上渗出细密的汗。小米歪着头说："姐，你真幸福。"

大米说："幸福是个啥？晒个暖织毛衣就幸福了？"

小米搬把小椅子坐在姐身边，头趴在膝盖上，吸着泡桐甜丝丝的香味，晒着太阳。小米说："能自由自在地晒太阳，空气又这么新鲜，还不幸福？"

小米要吃野菜饺子，大米和小米到苹果地里挖野菜。一路上，苹果花云朵一般，染醉大片大片的山坡，蜜蜂嗡嗡嗡叫着，苹果树下荠荠菜、面条菜嫩生生绿着。小米不由感叹："简直是世外桃源啊。"大米笑了："你是不知道摆弄苹果的苦呢。"

到了晚上，小米躺在床上，又翻来覆去睡不着。尽管大米给她加了一床褥子，床板还是太硬了，硌得浑身疼，每次来大米家她都要翻腾到后半夜才眯瞪一会儿。刚有点迷糊，小米忽然想去卫生间，她爬起来去找拖鞋。地上却只有自己脱下来的皮鞋，她忘了，大米家没有拖鞋。穿好高跟鞋，小米彻底清醒了，大米家的厕所还在院子里，她又一件一件整整齐齐穿好衣服，跑去院子里上厕所，等她转一圈回来，那点好不容易找来的瞌睡全跑没影儿了。小米开始怀念家里舒适的床，舒适的一切。小米大瞪着眼熬到了天亮。

第二天，小米说："姐，我回去了。"

老公的车来接小米回去，小米说："姐，你跟我一起去城里转转吧，好几年都没去了，我搬新家了。"

大米坐着小汽车，头犯昏，还总想吐，她一路把车窗开得大大的，头伸出去老长，害得司机不停提醒她："小心点，危险。"

大米一进小米的新家，看见闪着亮光的竹地板，蹲地上用手摸摸说："啧啧，这么光，这么干净，夜里都可以睡地上了。"小米看着姐憨憨的样子，抿着嘴笑："姐啊，地板能睡？"小米领大米到各个屋里转一圈，大米一脸的羡慕："老妹，你可掉福窝里了。"小米又笑："这叫啥福啊？城里人家家都这样。"

吃晚饭的时候，大米问小米："来一天了，怎么不见小李回来？"小李是小米的老公。

小米说："他忙着呢，有时候几天都不见个人影。"

小米和大米挤在一张床上说话，大米问小米工作怎么样，小米说太忙太累，她都不想干了，那活真不是人干的。大米说："你一个月不出力不流汗领一千多还嫌忙？要谁一月给我五百，我黑里白天加班都乐意。"小米笑她："像你这样廉价的劳动力去哪儿找去？哪有人那么傻。"大米问小米："都几点了啊，你给小李打电话，他怎么还不回来？"小米说："管他呢，爱几点回来几点回来。"

小米和大米说够了，小米歪在一边很快睡着了，可大米却一直睡不着，不是小米家的床不舒服，而是她一直支棱着耳朵听着门响，听小李啥时候回来。在家的时候，她男人晚上不回来，她就一直等。大米等到天亮，也没听见有开门的声音，她推推小米："小米，小李怎么一晚上都没回来？"小米迷迷瞪瞪地说："好几天都没回来了，不知道死哪儿去了。"大米又使劲推推小米："你得管管啊，这样怎么行？"小米说："我也要能管住啊！"

大米在小米家待不下去了，她心焦得慌。一直不见小李回来，想跟小米说点啥，又不知道从哪儿说起。小米天天给她做好吃的，她吃着心里总觉得堵。

大米说："我得回去了，你姐夫还在家呢。"

大米和小米还像以前那样过着各自的日子。偶尔，大米做生意本钱紧张了，大米得跟小米借钱。她叹口气说："都是一个妈生的，就我家小米有福气。"小米在城里的金窝里憋屈了，也会想起大米家暖洋洋的小院和开满苹果花的果园，然后叹口气。

少年梦·青春梦·中国梦——中国故事
[非　鱼]　追风的人

袋泡茶

那天下午，李胜利被通知到云天宾馆十六楼会议室开会，说白了，就是陪会，凑个人头。

李胜利坐在会议室里，听着领导一个接一个长篇大论，他就犯困，可他刚把头趴到桌子上，背后的高主任就踢他的凳子，提示他注意形象。李胜利百无聊赖，便钻研起面前的茶杯里那袋茶叶。

那种茶叶就是宾馆里用的简易包装茶叶，一个小纸包里装茶叶，后面带根长长的线。李胜利把那根线提溜起来，放下，再提溜起来，又放下。这时候他发现问题了，茶水颜色不对。按说茶叶要么呈淡绿色，要么呈明黄色，可他杯子里的茶叶已经像稀释的酱油，尝一口，略苦还涩，感觉像干桐树叶子泡出来的。李胜利忽然想起，报纸上说不少宾馆饭店用二手茶叶，就是回收喝过的茶叶经过粉碎，再做成小包装给顾客用。

李胜利心里一哆嗦：这个茶叶该不会是二手茶叶吧？

散了会，李胜利问打扫卫生的服务员：你这个茶叶是不是二手茶叶？服务员瞪他一眼：怎么会？我们云天宾馆是三星级的。李胜利对服务员瞪他一眼不满意，更对她的回答不满意，三星级就不会有二手茶叶？好多三星级宾馆里耗子成群呢。服务员更长久地瞪了他一眼，转身收拾别的座位上的杯子，不搭理他。

李胜利有点生气，啥态度，还三星级，今天我还非弄清楚不可。他把杯子里那包茶叶拎出来，下到一楼大厅，去找总台。总台的服务员本来态度挺好，听完他问这个问题，同样瞪了他一眼，右手一指大厅一侧，你去问我们经理去。

李胜利又拎着那包茶叶去找大堂副理。大堂副理一身黑衣，胸部还别个无线耳麦，他认真地倾听了李胜利的问题，然后解释说宾馆的进货渠道有严格把关，每一道工序都有好几个人负责检验。李胜利说我就问茶叶，你如何证明你们的茶叶质量。

大堂副理有点不耐烦了，他指指李胜利手里的小茶叶包：你看线后面的小标签，那上面不是有生产日期和保质期吗？

李胜利说不对，生产日期是你们分包的时候打上的，你可以打上任何日期，比如 2008 年。

大堂副理生气了：你这人是不是没事找事，谁会给茶叶打上 2008 年，神经病。说完，他转身要走。

李胜利拦住大堂副理，说不行，你得拿出证据来，消费者有必要了解。

大堂副理说要不你去找我们总经理去，我这会儿忙着呢。

找就找，李胜利又提着那包茶叶上了二十一楼，敲开了总经理办公室的门，跟他们要能证明那包茶叶质量的证据。总经理给李胜利泡了一杯颜色淡绿的信阳毛尖，要李胜利消消气，说要不下午别走了，就在宾馆吃饭，他安排。

李胜利说我不吃饭，我就想看下茶叶相关的质量证明。总经理说这个有卫生监督大队来监督，他们每月都来检查，再说你又不是卫生监督大队的。

李胜利说我是普通消费者，我也有权知道。

总经理笑笑说：是，是。你在哪儿消费呢？

李胜利说十六楼会议室。总经理哈哈大笑起来：十六楼啊，今天下午免费给市政府使用，他们没掏钱，你来开会也没掏钱，你怎么能算消费者呢?

李胜利一听，也是，他不算消费者，不是消费者似乎就没权了解人家这个茶叶的质量。

李胜利拎着那包茶叶离开了总经理办公室，离开了云天宾馆。

一路上他越琢磨越不对，这个茶叶，到底是不是二手茶叶呢？他还是没弄清楚。如果喝了人家的嘴巴子还有口水不说，万一喝头道茶的人里头有什么传染病，万一这个人的茶叶被粉碎分装到很多个小袋里，万一因此传染，那么，那么，后果不堪设想。李胜利越想越头疼，他撕扯不清这个问题了。

回到家，老婆做好饭等他半天了，看见他手里拎包破茶叶，问他早下班干吗去了，李胜利指指那包茶叶，说去问茶叶质量了。老婆俩眼一瞪，手里的筷子扔出去老远：你说你这么大个人了，没事跟一包破茶叶较什么劲，吃饱了撑的？

如果这样

李胜利是一个胆小的人，大家都这么认为。

胆小的李胜利把一切想法都藏在心里，表面上波澜不惊，可心里却风起云涌。

平常，这个看起来瘦弱苍白的男人，会静静地坐着，待在那张干净整齐的办公桌后，微微地闭上眼睛，想很多事。

这些事，往往都是未来的，或者说过去的，存在于李胜利的假设中。

如果这样……

如果那样……

如果十五年前，月亮没有那么亮，他就不会在操场上徘徊那么久。他会果断地推开辅导员的宿舍门，告诉辅导员他想留校。现在他肯定已经是一名术有专攻的教授了。当时，全年级就他学习成绩最好，他的表现也令系领导满意，谁都认为他会留校，因为每年都会有一两个留校名额的。但最后，留校的不是他。离校前那个夜晚，月亮依然明亮得让人心惊。全班同学在操场上狂欢，喝酒，唱歌，喊叫，摔酒瓶子，敲洗脸盆。他独自在宿舍坐了一整夜。辅导员送他上车时说：我以为你在家乡找到更好的单位了。

想到这些，李胜利就肚子疼，揪成一团地疼。

李胜利经常会想象着自己站在讲台上，口若悬河，像当年教《中国革命史》的周老师那样，腰板挺直，思维敏捷，一双眼睛锐利有神，笑容温暖迷人。

现在，李胜利只是一个平庸的小职员，按时上班，按时下班，听领导吩咐，听老婆吩咐，甚至，听孩子吩咐。

喝一口茶水，轻轻叹息一声，这一段打一个结，暂时放下了。

再退一步。如果先前那个胖脸的女孩约会没有迟到，那么性格温和的胖脸女孩，就是他李胜利的妻子了。

胖脸女孩是同事介绍的，说好在电影院门口见面。李胜利等了二十分钟，着急了，小声埋怨同事：人家怕是不乐意吧。同事说再等等，可李胜利不愿意再等下去，他脆弱的自尊心受不了这样的折磨。李胜利刚走，胖脸女孩慌慌张张来了，推着后轱辘瘪下去的自行车。一切还没有开始就已经结束。

后来，胖脸女孩来过李胜利的单位，同事拉过他，悄悄指给他看，说那就是当时给他介绍的女孩，那天是因为自行车胎扎了才晚到的。李胜利看着胖脸女孩温和地笑，缓慢地说话，暗暗掐自己，那天干吗不多等几分钟啊。此时的李胜利已经和一个干瘦的女孩恋爱了半年，似乎也没什么好，也没什么不好，只是她偶尔尖细的嗓音让他受不了。直到看见胖脸女孩，李胜利才明白，错了，选错了。但，太晚了。

李胜利后来不止一次假设，如果他当时多等几分钟，肯定会和胖脸女孩好上。如果和胖脸女孩结了婚，他肯定会天天心情愉快，不用每天听妻子越来越尖利的喊叫。

李胜利甚至想，如果和胖脸女孩结婚，他也许不会来这个科室，那么他的工作也会是另一种样子，也许早就被提拔当科长了。

即便没有和胖脸女孩谈恋爱、结婚，李胜利觉得自己的人生轨迹还是会有滑向另一个方向的可能。

如果当初领导让报名下乡扶贫，对口帮扶贫困农村，他要是不听老婆的话，长久地保持沉默的话，那么他就会去农村待上一年。去过那里的同事说除了缺水，那个小山村好极了，民风淳朴，空气清新，景色宜人。驻村的同事用单位筹措的钱，帮忙修了一眼水窖，把半山腰的一小股泉水引过来，那个小山村立刻便活泛了，村民敲锣打鼓给他们送来感谢信。就这样，一年后回到单位，那三个同事都得到了提拔。

想到这些，李胜利的肠子悔得打成一个又一个结，疙疙瘩瘩地难过。才不过一年时间嘛，怎么熬也能熬过去，总比现在这样没有希望地熬着好吧。

如果毕竟是如果。人只有一次机会，就像一片树叶，只有朝一个方向生长的可能，选择了朝右，就不能向左。

于是，李胜利的假设就永远是假设，没有人能证明他的假设是好还是不好。

不过，有一点可以肯定，李胜利就是在这样的假设中一天天老了，头发越来越稀，说话也越来越不利索，连假设的次数也越来越少了。

桃　梦

夏天到来时，我买了好多好多的桃子，转眼就变成一堆干干净净的桃核，乖乖地躺在阳台的一张报纸上，拨拉一下，发出清脆的响声。

这堆桃核，乖乖地躺到来年的春天，生成了我的一个桃梦，梦里有嫩绿的小芽茁壮地成长，遒劲的枝干，灿烂的桃花，硕大的桃子……这个梦整日冲撞着我的心，不能安生。

播种的时候到了，我必须把这些梦的种子埋进肥沃的土壤。我是懂得种桃的过程的，应该就像在一些网络游戏里种花一样吧？播种、浇水、施肥、除草、打药，然后再浇水、施肥……每个过程都不偷懒的话，便会收获一枝美丽的花，接着才可能跑到聊天室里穷显摆，送给自己喜欢的美眉。

我带着我那一堆很乖的桃核，开始寻找适宜他们生存的地方。沿着街道指示的方向，我一直走，走，走到双脚发酸。除了马路边的绿化带，我没有看到泥土的样子，更别说肥沃不肥沃了。而那些绿化带里，已经密密匝匝种满了各种俗艳的观赏桃。

我继续朝前走，黄昏快来临时，我终于找到一个好地方：生态园林区。我掏50块钱买了门票，看门的小丫头递给我一个塑料筐，草莓随便摘，不能采花。我解释说我不是来摘草莓的，我只是想给我很乖的一堆桃核找个安家的地方。小丫头态度很好，生态园林就是让人随便进来采摘的，你交了钱，就可以摘，但怎么可以随便种呢？我说，我要求不高，只要有土就行，将来的桃树我负责照看，不要你们管，我还可以交钱。

小丫头一听可以交钱，急忙说，你先等等。然后我看到她进了售票的小房子，开始打电话。一会儿，一个肚子挺起很高的男人来了，小丫头说这是我们经理。

经理伸出一双肥厚的手和我握了，然后说，有什么要求尽管提。我就说了，可等我说完，他说这里是生态园林，什么是生态你懂不？就是一切和农村的农家一样，保持原本质朴的风格，都是规划好的，一寸闲土都没有了，要不你自己找找看。

我在经理的带领下，很认真地找了一遍，生态园林里每一寸土地都种上了东西，连个田边地头都不剩，都种上了向日葵。

我失望之极，拎了一筐小丫头替我采摘的草莓出来了。我转身把草莓递给了门口玩弹珠的孩子，继续朝远处走去。

城市的尽头是农村。农村就应该有土地，应该有我种桃树的地方。

最后一抹夕阳还依依不舍地拉扯着山尖的时候，我来到了一个叫黄庄的地方（路牌是这么写的）。

我对一个正在地里锄地的老伯说，我想找块地方种桃树，可以掏钱。老伯看看我，又上下打量了几个来回，他说，城里人可真会想点子，我们种的桃儿还卖不出去，你跑这儿种桃？别扯了，赶紧回去歇着吧。

我说我真想种桃树，我把桃核都带来了。我摇摇手里拎的兜子，让我很乖的桃核发出哗啦啦的声音。

老伯不耐烦地摆摆手，我这儿是没地儿，你看别人家有没。

沿着麦苗绿生生的田埂，我不死心地找，可一块挨一块的地里，不是种着麦子，就是长着果树，或者就是塑料大棚养着反季节蔬菜，然后就是一个又一个砖瓦厂。

终于在天彻底黑下来前，我看到了一大块的闲地，地里长满野草，两只倦归的牛还在悠闲漫步。我立马兴奋起来：这就是我要找的地方，这就是我的桃园，我的桃梦开始的地方。

可还没等我高兴完，一个彪形大汉过来问我干吗呢？我说我想找地儿种桃树，他像轰赶苍蝇似的晃了晃手，走，走，去别处吧，这块地我们公司征了，准备建农家乐呢。我问啥叫农家乐？他白我一眼，理都不理我，戳在那里就等我走。我走了，但我的桃梦不会轻易破灭。

我最终还是找到了适宜我的桃核生长的土壤，百二秦关终属楚啊！

土，很肥，捏一把似乎都可以出油。我小心翼翼地把我很乖的桃核一颗一颗埋进去，并用手轻轻压一压，然后慢慢浇上水。

以后的日子，我就经常面对着那块土壤，做着我丰富美丽的桃梦。然后一遍遍浇水，施肥，施肥，浇水……

但一直等到第二年秋天，我那很乖的桃核始终没有冒出一丝鹅黄嫩绿。

因为，我只是把他们种进了花盆。

电　话

　　父亲的一个电话，让田小本来很好的心情突然烦躁起来。

　　下了工，田小正在路边溜达，双手插在裤兜里，晃晃荡荡。头发又长长了，额前的一绺随着他身体的摇动一闪一闪的。兜里的手机响了，一看号码，是他父亲的。田小这才想起来，已经三个月没有给家里打电话了。

　　田小刚喂了一声，父亲的声音怒吼着就过来了：你还活着呐，我以为你死在阿瓦城了。三个月了也不给家打电话，钱也不汇，你想干啥你？田小一听父亲的吼叫，头皮就发麻，他仿佛看到父亲站在他面前，大张着嘴，右手抬起来又放下，放下又抬起来，抬放的过程中会冷不丁地落在他的脸上或者身上。

　　田小想说厂里效益不好，工资太低，想说最近感冒了，输了十来天液体，但他什么也没说，只告诉父亲：我没钱。父亲说：你挣了钱就胡扔，家里到处要钱，你还抽烟、上网吧？田小还是不吭声。

　　挂了电话，田小的心情一下子变得很糟。

　　他先是伤心。三个月了，父亲打电话来也不问问自己的情况，一句都不问，只管要钱。生病发烧的时候，人都是飘着走路，也没少上一天工，这么拼命，为谁啊？田小越想越觉得委屈，一委屈就想哭，又哭不出来，只是把头低下去，用力地夹着肩膀。

田小还有点恨他的老板。为富不仁的胖子，效益不好了说全球经济危机，降工资，取消福利，可现在效益好了，他降下去的工资也不涨，福利更别提了。一个月到头，工资只有八百，租房要钱，吃饭要钱，看病要钱……怎么算都捉襟见肘。

心情不好的时候，人就容易犯傻，一犯傻，什么事都做得出来。田小就在这时踢了从面前跑过的一条狗，只一脚，那条白色的小狗就滚出去很远。

"朵朵——"一声刺耳的尖叫在田小耳边凌空而起。他茫然地抬起头，一个身穿红色短裙的女人正瞪着眼看他，嘴巴定格在那个"O"上，还没有缩回去。

愣了好大一会儿，田小才明白过来，那条白色的小狗，是这个女人的，它不是一条流浪狗，不是他老家可以随便乱踢的柴狗。女人跑过去，一把抱起小狗，揽在怀里宝贝心肝乖儿子地叫，她越叫，田小越害怕。

女人叫够了，泪眼婆娑地看着田小：你干吗你？它咬你了还是惹你了？

田小说：没有。

没有你踢它干吗？你说，说啊。这是我的命根子你知道不？

田小蒙了，他似乎已经预见了接下来要发生的事情：看病，买营养品，赔偿精神损失……他不敢多想，他知道，仅凭他兜里的钱，也许只够买几袋狗粮。

女人不停地抚摸着小狗的身体：不怕，乖乖不怕。小狗终于安稳下来，不再哼哼了，女人问田小：你说，怎么办吧？

田小说：我不知道。

女人的眼泪又下来了：什么也代替不了朵朵的痛苦。

田小说：要不我带它去看病吧？

女人尖叫起来：你带？你只会吓着我的乖朵朵。

田小说：要不我赔你钱？你说个数。

女人说：钱？你以为我会稀罕你的钱？哼哼，笑话，我有的是钱，我在乎你的几个臭钱？你们民工就是太没素质，没教养，野蛮，无知，粗鲁。

女人好像突然找到了适合的词汇，一个接一个批发给田小。田小一动不动地站着，手里的手机捏出了汗，手心冰凉。他不害怕女人骂他，反正他从小到大听到的骂声比这个多多了，父亲骂他可比这个狠毒，而且会不断变换花样。再说，骂几声又不会损失什么。

田小的沉默使女人很快失去了骂下去的兴趣，也可能她觉得跟田小这样一个小民工实在缺乏同一个层次的沟通，再骂下去也是毫无意义。她又问田小：你说怎么办？

田小哪里知道该怎么办啊，他能想到的办法都被女人否决了，他还是那句话：我不知道。

女人把尖尖的下巴抬起很高：好，那我告诉你，你要给朵朵赔礼道歉。

田小问：怎么道歉？

女人说：鞠躬，说对不起啊。态度要好，要和蔼，要诚恳，朵朵原谅你了，才算过关。

田小本来还觉得这个容易。可真要面对一条不足一尺长的小狗低头时，他还是弯不下去腰。他问女人能不能不鞠躬，只道歉？女人说：不行！没让你下跪已经是给你面子了，你还讨价还价。

田小知道没有任何退路了，他没有选择的余地。他弯下瘦长的腰，弯到九十度，对那条两只眼睛很圆很亮的小狗说：对不起，我不该踢你，你大人有大量，原谅我吧。

反复说了好几遍，小狗似乎动了一下，女人说：好了好了，朵朵原谅你了，你走吧。女人把脸贴在小狗身上说：乖儿子，我们回家了。转身袅袅娜娜地走了。

看着女人和那条小狗走远了，田小如释重负，长出了一口气。

他扬起胳膊把手里的手机摔在地上，然后用脚去踩，使劲地踩……

楼前有块地

楼是县规划局的办公楼，地是一块长方形的地，二百平方米左右。

局长有一天突然就闲了，闲了的局长端着茶杯站在窗口朝下看，看着看着，就看出问题了。楼前的那块地怎么乱糟糟的？那么好一块地方，长的都是什么啊，月季、黄杨、榆叶梅，甚至还有两棵山楂树。

局长转过身，一个电话叫来了行政科长："你看看，楼前乱成什么了？一点规划都没有，不是砸我们规划局的牌子吗？"

"是，是，是，局长您看种什么好？"

"草坪。这样既把办公楼的整体显出来了，也赏心悦目。"

行政科长答应一声，立即着手去办。刨树、挖花、平地，忙活了一个月，总算把地整出来了，然后又从省会一家花木公司买来草皮，行政科几个人撅着屁股栽了三天，终于把绿生生的草皮种上了，果然耳目一新。局里职工上班下班都说："还是局长眼力好。"

绿生生的草坪绿了一年多，局长退休了。局长退休了草坪又不能退休，不能退休的草坪突然有一天就引起了新任局长的注意。新局长一个电话叫来了行政科长："你看看，这么一大块地就种点草，浪费，一点规划理念都没有，不是砸我们规划局的牌子吗？"

"是，是，局长您看再弄点什么好？"

"奇石。这样才错落有致，既有古典园林的风韵，又有现代建筑的美感。"

行政科长答应一声，立即着手去办。本市、本省、邻省，有卖奇石的地方找寻了一遍，终于发现了两块状似中流砥柱的石头，拍了照片拿回去给局长一看，对奇石颇有鉴赏的局长一拍桌子："好，就它了。"

费了九牛二虎之力，租用了吊车、特种车，总算把两块奇石运了回来，并安安稳稳地放置在草坪上。的确，原本平坦无奇的草坪有了起伏，有了古典的韵尾和现代的美感。局里职工上班下班都说："还是局长眼力好。"

奇石在草坪上安放着，引起了一些小孩子的兴趣，他们觉得爬奇石远比观赏奇石要有意思得多。于是，每天晚上，两块奇石上都爬满了高高低低的孩子，旁边站满了带孩子的家长。先是奇石周围的草坪，渐渐露出光秃秃的地面，接着像擀面一样，越擀越大，草坪就越来越小。

一年刚刚过去，一纸任命下来，现任局长调走了，副局长提拔为局长。新提拔的副局长突然有一天也闲了，闲了的局长就又打起了楼前那块地的主意。他一个电话叫来了行政科长："瞧瞧，瞧瞧，跟秃子头上贴了几块膏药似的，要多难看有多难看，一点规划理念都没有，不是砸我们规划局的牌子吗？"

"是，是，局长您看换成什么好？"

"雕塑。现代化的县城就要有艺术的气息。"

行政科长答应一声，立即着手去办。他从省美术学院请来了一位雕塑设计师，设计了一款抽象的铜质雕塑，像随手画出的一条蜿蜒的曲线，取名字叫"飞"。行政科长拿着设计图给局长看，局长一拍桌子："好，就它了。"

雕塑很快就做好并运来了。行政科长又费了九牛二虎之力把两块奇石运走，谁也不知道他给弄哪儿去了，反正他把地方腾开了，"飞"安安稳稳地放置好了，真是很有艺术气息。局里职工上班下班都说："还是局长眼力好。"

"飞"放好了，也没小孩子爬上爬下了，就是周围光秃秃的空地太难看，以前仅余的一点草皮，由于长时间没人浇水，也渐渐全部干死了。行政科长正在考虑是不是把周围的空地用彩色地砖铺一下的时候，他收到了一份文件。县"五城联创"指挥部发文要求，各单位门前一律绿化，要统一种植指挥部从美国引进的草种，一条街道一个样，全县上下一盘棋……

行政科长拿着这份文件，脸皱巴得像根苦瓜，仿佛可以拧下水来。

恶疾流行

又一个人患上了这种可怕的恶疾。

他不是第一个，也肯定不会是最后一个。

村里人得到这个消息，集体沉默了很久，大家拒绝眼睛与眼睛的对视，低着头，然后各自转身走开，年老的人发出几声弱弱的叹息。

吃晚饭的时候，每个家庭都在议论这件事。

"有人得了那个病。"

"噢，真的吗？"

"真的，看过好几家医院了。"

"真可怜，他还没有成家。"

"谁说不是，是可怜哦。"

天色渐暗，有人给他送来一碗饭，放在门口的石桌上，轻声说："吃点吧，既然已经得了这个病，还是看开些。"一些人在他的门口站了站，祈祷般默念几句，然后拖着沉重的步伐回去。

也许一个月，最多两个月，他就要从这个村子里消失。患上这种病，任何高明的医生都无能为力。他只能等，等着死亡的脚步一步步逼近，然后伸出冰冷的手，把他带走。

他从屋里出来，脸上带着明显的哭痕，眼睛红肿着，无精打采。男人们过去拍拍他的肩，女人们不能去拍他的肩，只能悄悄抹掉自己的眼泪。他地里的庄稼，被邻居们照顾得很好。他院子里的猪啊羊啊鸡啊鸭啊，被邻居家的女人们照顾得很好，他不用操任何心。

每天，他只是在村里转转，让大家了解他的病情。他实在不忍心看大家忙了一天，还要去看望他，问候他的病情，他努力在第一时间把自己的身体变化告诉大家。

时间一天天过去，他的病情却一直没什么变化，每天他汇报的内容都是同样的，这让人很失望：应该会继续恶化的，应该要疼痛开始溃烂了，怎么还没有？慢慢地，由于缺乏新的内容，大家便不太关心他的病了。

他每天依然去村里转悠，和以前一样，步伐没有踉跄，人没有虚弱不堪，面色没有苍白如纸。看到以前关心他的人，他倒有些不好意思，怎么就不恶化呢？

又一个月过去了，本应到来的死亡一再推迟了日期。

晚上，他穿戴好衣服，静静地躺在床上等待有人来叫他，让他跟他走，他会很愉快地跟他走的。可是，等到天亮，一直没有人来。他依然可以下床走路，可以到村里去转悠。但他不敢去了，他很害怕大家问到他的病，他无法应答。好像之前自己得了这种恶疾是假的，他由此欺骗了大家，欺骗了那么多帮过他的人。他把自己关在屋里。

但他没有如期离去的消息大家还是知道了。

"两个多月了，他还没有走。"

"可能不是那种病吧？"

"要是那种病早该不行了。"

"是啊，是啊。"

"他会不会娶个媳妇呢？"

"说不准哦，你瞧，他养得白胖白胖的。"

大家渐渐开始怀着一种期待的心情，等待着，好像要验证他到底是不是真的得了那种病，是不是欺骗了大家。地里的庄稼没人帮他种了，院子里的猪啊羊啊鸡啊鸭啊也没人帮他照顾了。他看起来很好嘛，自家的事情一堆摞着一堆，不能把精力浪费在他这里啊，既然他没什么事。

和过去还有不同，现在不用他去给大家汇报，每天早上，都有人去他的屋门口看看，看他是不是还可以下床，还可以走路说话。他感受到了莫大的压力。

终于，他躺在床上起不来了，血从鼻子、嘴里喷出来，溅得到处都是。他虚弱地对围在床前的人们说："我不行了，多亏你们帮忙，谢谢大家。"

"还有，地里的庄稼和院里养的畜生，大家分了吧。"

感情脆弱的女人们开始嘤嘤地哭，男人们沉默不语。有几个人在院门外表情沉重地商量如何给他办后事。大家的情绪重新悲伤起来，为他的离去做好准备。

"这回看来是真不行了。"

"是啊，是啊，这个病要命呢。"

"唉……"

"唉……"

死亡这次是真的来了，在后半夜悄悄地过来拉他的手，他欢快地笑出了声，迈着轻柔的步伐跟在死亡后面，离开了这个村庄，去到陌生的世界游荡。

那个早晨，得到他离去的消息，全村的人都哭了，哭声惊天动地。大家酝酿得太久的悲伤顷刻间释放出来，整个村庄都陷入痛苦之中。

他的葬礼很圆满，没有一点瑕疵。

葬礼之后，想起之前那些期待的心思，大家又陷入了深深的自责和恐惧。谁也不知道下一个患上这种恶疾的会是谁，也许就轮到了自己。

放声歌唱

在去聚会的酒店之前，她先来到了曾经生活过四年的校园。

门口的保安懒洋洋地看她一眼，又趴在桌子上打瞌睡。进进出出的男生女生，年轻得让她难过。那些日子，那些从这里离开后的日子，都哪儿去了？怎么一眨眼的工夫，十八年就没了呢？

熟悉的法国梧桐，熟悉的篮球场，熟悉的女生宿舍楼、男生宿舍楼，她在校园里转来转去，看一个日语社团和一个文学社招收新会员，曾经火热的生活一点一点来到眼前，她觉得有点恍惚。

那座八角楼是他们上课最多的地方，几乎所有的民法课都安排在三楼的阶梯教室里。八角楼的楼梯很复杂，绕来绕去，一不小心就会走错门，她用了很长时间才适应这个迷宫一样的楼梯。

门开着，她进去，沿着有点暗的楼梯上三楼。由于是周末，楼内很安静，她走得很慢，好像要仔细倾听自己的脚步声一样。

曾经上课的教室门锁着，她只能趴在门缝里看见长长的黑板，旧的讲台，还有一把椅子。以前，这座楼的所有教室从不锁门，只要不上课，哪个系的学生都可以来上自习。

下楼梯的时候，她走得更慢。她希望有歌声在身后响起，唱起那些熟悉的老歌。当然她知道，这不可能，他不在这里。

他和她同班，却很少说话，因为他和谁都很少说话，总是独来独往。他说话的时候口音有点重，歌却唱得很好。每天晚上，她喜欢来这里上自习，提着暖瓶，抱着厚厚的字典还有笔记本。他也喜欢来这个教室，坐在她的后面，看着她的背影长时间发呆。

　　离开教室的时候，她在前面走，他跟在后面。一进楼道，他就开始唱歌，唱郑智化的《星星点灯》，唱谭咏麟的《水中花》，一首或者两首歌唱完，她走出楼梯，他的歌声戛然而止。每次听着背后的歌声，她就觉得心情特别好。

　　她以为他只是爱唱歌，班里的联欢会上，她竭力推举他唱一首，他脸憋得通红：我不会，我不会。她说：我听过，他唱歌特别好听。他还是摇头摆手，最后跑出了教室。她跟着所有同学一起大笑，笑他的怯懦。

　　后来，她还去八角楼上自习，他也去，走在她的身后，他还会唱歌，却变成《来生缘》。走出楼梯，她想问他联欢会干吗不唱啊，他从她身边匆匆而过，头也不抬。

　　要离开这所学校了，她在他送的一本书里发现了他的心思：他的歌声只给她听，让她下楼的时候不孤单，不害怕。可一切都太晚了，她买好了回乡的车票，要回到遥远的老家去，那里有她的父母兄妹。

　　这次来参加同学聚会，她最希望见到的就是他，再听到他的歌声，在那些曾经的感动里重温过往的美好。

　　从学校出来，她去了聚会的酒店。大厅里黄色的灯光，把一切都笼罩在迷离之中。他就站在那迷离里，微笑着，迎接进入酒店的老同学。

　　他高喊着她的名字，伸着长长的胳膊冲她奔过来，她还没反应过来，他已经在拥抱着她，她不知所措。

　　照例是吃饭，喝酒，叙旧，嘈嘈杂杂的他们像一群幼儿园的孩子，不停地笑啊说啊，脸上的肌肉都是酸的、困乏的。

　　饭后，有人提议去 K 歌。他高呼：好啊，好啊。

　　一群人在一间大厅里拥塞着，酒气四溢。她靠在一个角落，看着他张张罗罗，拧着胖了许多的身体过来过去，拎着啤酒瓶子和男同学碰酒，邀请一个一个女同学跳舞。她觉得纳闷：怎么就不一样了呢？

突然，有人提议让她唱歌，她吓了一跳：我不会，我真的不会。

他过来一屁股坐在她身边，胳膊好像很随意地放在她背后的沙发上：来，我和你一起唱。

她看着眼前这张脸，泛着褐红的油光，明显顺风顺水走多了，哪儿都是志得意满。她说：真不会。

他说：不给面子？我们一起唱，唱《披着羊皮的狼》。

她第一次听到这首歌，就不喜欢，她还是喜欢十五年前的谭咏麟。她说：真的不会啊。

他拿起麦克风，霸道地对服务员说：放，放《披着羊皮的狼》。

她说：要不，我们唱《水中花》吧？

他一摆手：不会。谁的歌？太老土了吧。

她没再说话，静静地听他把一首《披着羊皮的狼》唱得无限豪迈。

歌声一落，她高喊：鼓掌——并把手里的两只铃鼓在桌子上拍得哗啦啦响。

乱中，她跟着大笑，笑自己。她想起了那句话：往事真的不能回首，青葱一样的岁月，随随便便就会辣你两眼泪。

哥哥呀，哥哥

哥，我走了。

青水把小小的布包抱在怀里，像抱着小小的青苗。

不行。不能去。青河从青水怀里把布包拽出来，扔回床上，青水哭了，哥……

青苗坐在小椅子上，睁着一双黑黑的大眼睛，看看青河，又看看青水，她不知道该支持谁，她也想哭，但她不敢哭。

青河把门关上了，把阳光关在外面，把青水关在里面，他去做饭。

一碗米，两碗水。青河淘着米，念叨着，青水和青苗站在旁边看着。米焖上了，青河开始洗菜、切菜。菜要多洗几遍，切菜要慢点，小心切住指头。青水和青苗点点头。

除了青河做饭弄出来的声音，屋里再没有别的动静，甚至连只老鼠也没有。

饭做好了，一碗土豆丝，一碗烧白菜。青水负责盛饭，她给哥哥青河和妹妹青苗先盛好，然后给自己盛了半碗。青河看看青水的碗，又给她加了一勺米。

青河说：吃饭。

哥，我想去。青水低着头，不敢看青河的脸。

不行，不能去。青河的口气没有一点商量余地。

青水要出去打工，要去很遥远的城里做保姆，或者去饭店端盘子，或者去街头擦皮鞋。她早想好了，无论如何得减轻哥哥的负担。可青河不同意，她没办法，她不能顶撞哥哥，哥哥就是她的家长。

饭很快吃完了，青苗说：哥，今天我洗碗。

我洗，你和青水赶紧去上学。

青水看看哥哥，没说话，她帮妹妹把书包背上，拉着青苗的手说：走。青水上小学五年级，青苗上二年级。

青河把家里收拾完，锁好门，撒开腿就跑，再晚，他就迟到了。青河上初二，学校离家有三公里，他每天放学上学都要跑，像风一样刮回家，给两个妹妹做饭。

爸爸早走了，是被人打死的，要不妈妈不会一下病倒。青河已经不怎么记得爸爸的样子了，他只记得妈妈临终前的样子。去年冬天，很冷，屋里到处都在刮风。妈躺在床上，手哆嗦着，拉着青河的手：她们是你妹妹，你一定要照顾好青水和青苗，再苦也要把她们带大。青河点点头：妈，我会照顾好妹妹。妈像挂在树上的最后一片树叶，随着一阵风，也飘走了。青河一下就长成了两个妹妹的家长。

舅跟青河说：把青苗送人吧。

青河不同意：我答应过妈的，一定要照顾好她们，保证她们不受欺负。

三只小小的麻雀聚在一个摇摇欲坠的巢里，互相取暖。

上学的所有费用，学校都免了，可他们还得吃饭、穿衣。青河带两个妹妹捡破烂，捡树上掉下来的苹果，凡是能卖钱的东西，他们都捡，每月也能卖20多块钱，买半斤肉，买二斤油，买几棵白菜。米和面，三叔半年给他们送一次，青河很认真地记在小本上，他说以后要还的。

天越来越冷，晚上被子盖在身上跟一层纸一样。青河把家里所有能盖的东西都拿出来，爸以前的棉袄，妈以前的旧衣服，一层一层加在青水和青苗身上，告诉她们晚上别翻身，睡前少喝水，别起来。青水和青苗等青河给她们盖好，就一个姿势躺着，只怕动一下，身上盖的东西会哗啦一下掉下来。

青河晚上睡觉从不脱衣服，一穿一脱，身上的那点热气就全没了。青河睡不着，冷，还是冷。青水和青苗该买棉袄了，去年妈妈做的棉袄小了，青水的可以给青苗穿，青水穿什么？青河的脑子不停在翻腾，直到他沉沉地睡去。

第二天早上，青河把青水和青苗送走，他没有跑去上学。

青河站在村边那个土岗上，小小的胸膛迎着冷风。他觉得他是个大人了，可十四岁的他，刚刚开始发育的弱小身体都快被这个世界忽略不计了。

青河不再去上学了，他得想办法赚钱，先给青水买个棉袄，给青苗买条围巾。天，更冷了啊。

王小倩的腰

王小倩的腰很美，细细的软软的，王小倩的腰还圆，不像一般腰细的女孩子那样是单纯扁扁的瘦。王小倩在我身边走过的时候，我就喜欢盯着她的腰看，看她扭来扭去，妖娆得像蛇一样，扭得人心猿意马的。

王小倩和我一个科室，我总是有很多很多机会看她腰肢摆动，似弱柳扶风，看得久了便不由地有了想摸一摸的念头，想体会一下什么是不盈一握。我知道自己这个念头很不地道，也一直没胆量去实施。

王小倩虽然外表时尚，可实际上似乎还是有些保守。科室那些和我一样心怀鬼胎的男同胞们总喜欢给她发些带色的短信，她每次接到当着大家面就一一删除，弄得那些人很是尴尬。

那天大家都去听报告了，就剩我和王小倩留下来做报表。王小倩做了一会儿累了，就来我办公桌前看报纸。她看报不站也不坐，而是两肘支着趴在桌上，这样，她那很美的蛇腰就起伏在我眼前，再加上她左右地摇晃，更摇得我心乱如麻，看到的数字都成了8，我只好放下手头的报表拿杯子去倒水。接水回来，我站在王小倩身旁，又看那不安生的腰，看着看着一冲动，两只手不知怎么就放到了她的腰上。可还没等我来得及感觉手与腰肢接触的味道，更没体会到什么是不盈一握，"啪"的一声，我脸上先感觉到了一阵热，接着就是火辣辣的疼。

下午一上班，科长就把我叫进了办公室："你这人表面上看起来温文尔雅蛮有修养的，怎么能干这样的事？这是道德问题，是一个人的思想境界问题，你知道不？"

我心说，肠子都悔青了你还说，我早知道什么叫偷鸡不成反蚀把米了。

事到这里还不算完。刚从科长那里回到自己办公室，有人喊说办公室刘主任有请。还是为了王小倩的腰。刘主任说我们科长跟他说了，兔子还不吃窝边草呢，你咋能干那事？

郁闷！不就是摸了一下王小倩的腰，至于吗？

后来，我再看见王小倩的腰在眼前晃就立即把眼睛移开，也为了避免再招惹麻烦，我很快给自己找了一个腰肢不细不软的女朋友，给手找了个去处，随便怎样摸她都不会给我一巴掌。

那天早上九点刚过，就听见楼下吵吵嚷嚷喧闹起来。听了一会儿，声音越来越大，我忍不住放下手里的工作去瞧热闹。

只见人群中央是局长那肥胖得找不到腰的夫人，她扬着一张纸，正义愤填膺地喊着，几个上了年纪的女职工装模作样地劝着，试探地问着。听了一会儿，我听明白了个大概。原来是局长夫人在"例行检查"的时候，从局长的公文包里发现了一张化验单，化验单上写着一个女人的名字，单位是我们单位，最要命的是化验结果是"妊娠阳性"！

局长夫人正在叫喊着，王小倩出来了。她笑着说："嫂子啊，我们局没有这个人啊。你大概弄错了吧？不过这事你还是问问刘局长比较好。"说完，她袅娜着蛇腰，转身走了，留下所有看热闹的人和局长夫人愣在那里。

过了两天，各种的议论渐渐平息下去了，趁办公室没人，我终于忍不住问王小倩："这事好像你特清楚啊？"

王小倩看也不看我一眼，过了一会儿兀自狠狠地说："你以为？哼，别以为别人的腰是好摸的，局长又怎么了？"

我一听，吓出了一身冷汗。

王小倩的腰看来是真的不能摸，对我她还是轻饶了。

关于一所小学校的报道

我是一名记者。

首先需要声明的是，到目前为止，我还算是一个真正意义上的记者，除了会议新闻报道多了一些，我没做过其他对不起这个职业的事。主要原因是我太懒，对生活又太随意，没有过高的要求。

如果一直这样下去的话，我会在二十年后顺利退休，会拿到主任记者的工资，会在这个市里认识各部门的大小官员，会在街边散步的时候多打几个招呼，仅此而已。

必然是由很多偶然因素组成的。我必然的记者生活在一个必然的早晨，被一个必然的中学同学用一件必然的事，偶然改变了。

他给我打电话，心急火燎地说他老家村小学校的房子快塌了，要我这个记者在报纸上呼吁一下。

说起村小学，我立马想起我小时候读书的村小学。两排旧瓦房，我曾在里面读过五年书。那时候，那里是天堂，是自由和欢乐的天堂。从老同学的描述里，我想象着我曾经坐过的那间教室，如一只鸟巢在风雨中摇摇欲坠，随时有"轰隆"一声塌下来的危险。

我说：你陪我去你们村小学看看吧。

老同学明显很激动：那又得猴年马月啊，我现在就把照片发给你，你看看就知道了。

两分钟后，我的电子信箱里出现了一封邮件，附带了两张图片，一张是房子，另一张还是房子。第一张突出的是坑凹斑驳的土墙，没有一块玻璃的窗户，失去下半截门板的教室门。第二张突出的是屋顶，从教室里朝外拍摄的，不用说，是缺瓦坏椽，碗大的窟窿一个接一个。

我是被第二张图片打动的。第一张不稀奇，我小时候的教室就是那样。玻璃是被我们打烂的，并不是开始就没有；门板是被我们踢坏的，并不是开始就少一块板。但我们那时候屋顶是好的啊，是不会进风漏雨的，是可以很安全地在里面上课的。

太让人震惊了！这样的教室孩子们怎么上课！万一出了事可怎么办？我不能视而不见。

第二天，我的报道就连同那张满是窟窿的房顶的照片，一起出现在报纸的头版上。

我相信，任何人看到都会震惊，都会做出反应的。关注的市民很多，他们纷纷打来电话，强烈谴责当地政府，说他们草菅人命。

但我没想到反应最强烈的就是当地政府。那个村以及所在乡的领导，他们一齐来找我，说我报道失实，说那张照片根本不是他们村小学的房子，非要我跟他们实地去看看。

好啊！看看就看看。

在车上，村长告诉我说村小学前年就盖新学校了。

新学校在村外，一座三层的红砖小楼房，崭新崭新的，看起来结实极了。乡长说，你听听，孩子们的读书声。

站在楼下，我看到教室门口每个年级每个班的标牌，我听到了孩子们整齐的读书声，很标准的普通话，一点也不像我小时候那样拉着长腔，跟唱戏似的。

我端起相机拍下了新学校的新面貌，我要为我之前失实的报道更正道歉。

新的报道和照片见报后，出乎我的意料，包括我的老同学在内，又有一些人给我打电话，说照片上那座楼房根本不是村小学校，那是村委会的办公楼，学校是临时迁过去的。

听到这个消息，我是超级愤怒了！

怎么能这么糊弄人！我好歹还是个记者，这帮混账干部，胆子也太大了！不行，我得再去一趟，看看小学校到底是个什么样子。

到了村里，我在一个流鼻涕小孩的带领下，很容易就找到小学校。

果然和我小时候上学的学校差不多，两溜土墙蓝瓦房。我从一个教室的窗户望进去，孩子们正在专心做作业，高高低低的课桌颜色各不相同。窗户是没玻璃，可房顶，却没有大大小小的窟窿，房子也不像我的老同学说得那么破败不堪。一连看过几个教室，情况都差不多。

我问一位从校园里走过的年轻老师：孩子们在这里上课安全吗？老师很奇怪地斜我一眼：你自己看啊，有啥不安全的？我发现我的问话真的很多余，我难道看不见？

我又来到先前看过的红砖楼房前，每间房门上依然挂着几年级几班的牌子，但没有读书声，门都紧锁着。

我问附近的村民：这是村委会还是学校？

他们的回答几乎让我崩溃：谁知道呢？你说是啥就是啥。

天啊，我当记者以来，还从没遇到过这么窝囊的采访，我不知道关于这所小学校的报道该如何继续和收场。

聪明的读者，你能告诉我吗？

回忆的蜡烛

点燃一柄细细的蜡烛，照亮来时的路。偶尔一个转身，向前，再向前，那些缠缠绕绕的细节，染上淡黄的光晕，很温暖。

在摇曳的烛影里，过去的人和事被无限放大了，投射在身后。

那时，她和他在一所重点高中读高三，他就坐在她的后面。

他和县城的几个同学总穿屁股绷得很紧、裤脚肥大的牛仔裤。戴一个小眼镜，喜欢从眼镜上面看人的班主任说：教室有你们几个，扫地都不用笤帚了。他们还喜欢把头发留很长，油光光、很邋遢地潇洒着。

上晚自习的时候经常停电，他们就在抽斗里准备很多很多的蜡烛。为了省钱，前后桌的同学又会结合起来，两个人用一根蜡烛。她转身朝后坐，昏黄的烛光就在她和他之间闪闪烁烁。

电灯里，一切属于光明，而蜡烛里，就有些甜丝丝的温暖，世界小了，小到只剩两个人。

那天，又停电。没有点蜡烛，在周围暗暗的烛影里，他们背地理，背每个大洲的国家、首都、高山、河流、矿产……背完了，他说出去一下，说完一下子从座位上蹿了出去，两步跳过讲台，很快隐没在窗外的黑暗里。

教室里的人都走得差不多的时候，她刚把书本整理好要回宿舍，他进来了。从她桌旁经过的时候，他丢给她一团纸，然后随着他带来的风，匆匆又从教室后门出去了。

她打开那团皱皱巴巴的纸，里面包裹的居然是一根项链。街头小摊上大把大把卖的那种，黄色的一根链子，似乎是铝镀了一层黄铜，挂一颗红色的玻璃小心。纸上用铅笔写了几个字：生日快乐！几个字随着纸张的皱褶东倒西歪。

那天，是她十七岁的生日。

她突然很心慌。她不敢仔细多看，又把项链放进那团纸里，揉揉塞进抽斗。项链在抽斗的角落里躲了很久，直到毕业，她和他都没有提起过，仿佛只是偶然的一个小游戏。

放寒假，大年初二他去找她。他骑一辆很破的凤凰自行车，头上、脸上冒着汗，热气在他头顶袅袅升起。在村口的寒风里，他不停地说他寒假都做了什么，看了什么书。她一直看着他脸上的汗，听他急切地说，还没等她说什么，他掂起自行车调过头，走了。

高考结束，他成绩不太好，打算上一所自费的大学，而她却考上了一所很不错的大学。他拿着通知书征询她的意见：学费一万多呢，我上还是不上？

母校门口的柳树很庞大，张狂着满树的枝叶，在八月的热风里摇摆。他们坐在校门口的长条椅上，很认真地探讨他上不上学的问题。班主任看见他们，亲切地过去招呼。站在浓浓的树荫下，老师说：什么时候都要把全部心思用到学习上，三心二意耽误的是自己……老师一走，他说：老师肯定误会了，以为……她忙打断他：肯定是误会了。两个人突然都没话说，只有树上的知了在拼命地叫。

他后来还是上了自费的大学。新的生活充满了太多的诱惑，彼此间的信，由多到少，慢慢就稀疏了，稀疏到她毕业那年夏天，彻底断了线。

日子忽闪一下就过了十几年，十几年后再见面，是同学聚会。

他留着寸头，胖了许多，一身休闲打扮，脸上居然还多了一副近视眼镜。她打开车门一下车，他大叫着她的名字：你来了？她夸张地大声回答：来了，同学聚会怎么能不来。

过去青涩的小儿女，都长成了孩子的父母，好几个同学见了她都说：认不出来了，和过去的假小子完全不一个样。可他还是一眼认出来了，这让她很欣慰，过去那段时光也因此甜蜜起来。

爬山、喝酒、跳舞，过去不能说的话都说了，过去不敢做的事也做了，胆小的男同学也敢把手放在某个女同学的肩上，借着酒劲坏坏地说：来，我们两口子合个影。

她一直在想，或许说期待更准确：他总要有些话说吧，比如想念，比如那串项链，比如大年初二的探访，比如……可是，狂欢的盛宴渐渐进入尾声，他依然那样淡淡地笑，只是在爬山时，似乎是很随意地问了她几句，工作如何，孩子几岁，然后再无话。

十几年前的日子就这样蒙眬着，很是说不清楚。

那些记忆，就这样留在过去的烛光里，摇曳在她的十七岁里了。

半路爸爸

郑在恨他的母亲，当然也恨那个半路做了他爸爸的人。

母亲说，郑在，你得好好学习啊。郑在不想听，因为他的学习成绩已经是全班第一了，他学习的目的不是为了母亲，而为了将来可以考个好大学，离家很远的大学。

郑在喜欢使劲抿着嘴唇，低着头斜睨着看母亲从他身边走来走去。

母亲站在郑在的床头，看假装睡着的郑在，想说话，可嘴唇动了动，没有发出声音。郑在能感觉到母亲就站在他床头看他，但他就是能一动不动，像真的睡着了一样。

本来，郑在挺爱他的母亲。父亲在他刚上小学那年煤矿瓦斯爆炸离世，最后连尸首都没找到。郑在用一双小手给母亲擦眼泪，他已经会安慰母亲，妈，有我呢。

郑在本以为他会慢慢长大，他会和母亲相依为命，安然生活，可谁料想，才过了三年，就有一个男人经常出入他家，后来，母亲带着他嫁了过去，那人也是一个矿工。

郑在在巷子里和刚认识的小朋友玩跳房子，郑在总赢，那些孩子里的一个头儿就不乐意，教几个小点的孩子喊，拖油瓶，叮咣咣。郑在开始不知道他们在骂他，可他从他们的神态中看出来什么不对，郑在就问他们，你们说什么呢？那些孩子大笑着跑了，一个路过的老阿姨看看郑在，摸着他的头说，可怜的孩子，别问了，他们骂你呢。

郑在回家问母亲啥叫拖油瓶，母亲抱着他直哭，却不说话，哭得郑在莫名其妙。

郑在慢慢还是知道了什么是拖油瓶，他没有恨那些骂他的孩子，而是恨起了母亲。他恨母亲为什么要带他改嫁，因此他也恨那个半路做了他爸爸的人。

郑在在家里的话越来越少，母亲问他什么，他都懒得回答。母亲慢慢学会了看他脸色行事，那个很少见面的半路爸爸本来就沉默寡言，后来更沉默了，他也学会了看郑在脸色，偶尔在家，总是很小心，唯恐哪里不注意得罪了郑在。

一家人的日子死气沉沉地过了七年，郑在考上大学了，是一所离家三千多公里的学校。

郑在开学走那天显得特别兴奋，进进出出嘴里哼着歌，不停地收拾着属于他的东西，母亲跟着他进进出出，一会儿手里拎件他的衬衣，一会儿手里却掂着炒菜的铲子。郑在似乎没有看到跟着他的母亲，他太高兴了，压抑了七年，终于跟要出笼的鸟儿一样，一直处于亢奋状态。

该收拾的都收拾完了，郑在才想起学费，六千二。郑在突然沉寂了下来，晚上吃饭的时候，他把通知书从背包里翻出来，放在母亲面前。母亲看看那个半路爸爸说，我们知道。那个半路爸爸慌忙点点头，咧开嘴笑了，讨好似的对郑在说，都准备好了。

郑在一下子不知道该说什么，他忙低下头吃饭，他的心情突然很糟糕。而母亲和那个半路爸爸却高兴起来，郑在躺在床上，听见他们在外屋不停地小声说话，尽管很轻，可郑在还是能听见他们反复提到他的名字，郑在大睁着，眼看着窗外亮白的月光。

第二天，郑在要走了，母亲说，你爸去送送你吧。郑在说，不用。一转身，他背着两个大大的包，头也不回地离开了家，母亲和那个半路爸爸一直站在巷子口看他离去。

大学四年，郑在没回过一次家，春节也不回。他和家的联系就靠电话，过很久，他给家打个电话，简单问几句母亲的身体，然后就挂了，他从没问起那个半路爸爸，母亲也不提。寄给郑在的钱会按时汇到他账上，足够郑在的学费和生活费。

　　四年很快过去了，郑在毕业了。他在学校所在的城市找了份不错的工作，还找了个女朋友，一切安顿就绪，离报到还有半个月，郑在实在没什么事，就想回家看看。

　　家还是家，母亲明显老了。母亲看到他，高兴地不停抹眼泪；郑在看到母亲却有点别扭，四年分离，他和母亲更生疏了。

　　在家待了几天，郑在一直没看到那个半路爸爸，郑在问母亲，他呢？

　　母亲知道他问谁，却还是说，谁啊？

　　郑在说，那个，那个他。就是那个爸。

　　母亲说，走了。

　　郑在不明白走了是什么意思，他看看母亲，又问，去哪儿了？

　　母亲口气淡淡地说，和你爸一样。本来该他休息的，可他非要加班，加一个班可以多挣 40 块钱。跟你爸一样，也碰上了瓦斯爆炸。

　　郑在猛然觉得心里堵得慌，他走出屋，使劲想回忆起那个半路爸爸的模样，可他能想起来的只是在临走前那天晚上，他讨好似的笑，还有他说，都准备好了。

给我一块橡皮

加入到这个游戏当中，不能问为什么，这是规矩，就好像我不能问为什么发给我的是一块巨大的橡皮一样。

你瞧，和我们之前见过的橡皮一样，长方形，有淡淡的水果香味，只是，它的体积太大了，我得使出很大的力气才能抱着它，使它不至于掉到地上去。

预备——开始！抱着我的橡皮，我和他们一起进入游戏。

我们在一条狭窄的巷道里慢慢地跑。这时，我注意到了身体两侧的墙壁。天啊，我惊呼一声，墙上画的居然是我。太像了，可以说是惟妙惟肖。又一幅，随着我的跑动，这些图画连成了一个动态的图像——那是我的过去。太不可思议了！

可是，你知道，我不是那样的，完全不是。

我现在明白为什么发给我这块橡皮了。我试着用橡皮在墙上轻轻一擦，嘿，那些图画居然真的就消失了，干干净净。

实在太令人高兴了。我抱着巨大的橡皮，在两边的墙壁上，兴奋地擦来擦去。

贩卖盗版光盘，是我攒下第一桶金的营生。遥远的那座小城的火车站和汽车站，周围的大街小巷，我曾经天天在那儿转悠，不分白天黑夜，有人来就凑过去问，日晒雨淋，还要躲警察……那些日子，不提也罢。如今，更是不能提了。那些排队采访我的大小记者，巴不得挖地三尺找出点什么新闻线索，我怎么能自己往枪口上撞呢？

这橡皮可真是好东西，就像小时候做错了作业，轻轻一擦，灰一吹，什么都没有了，正确的写上去，错的就永远没有了。

怎么，这个荣誉证书也在这儿？这是哪个协会发的？我忘了。当然是买的，谁会平白无故把这么高的荣誉给我啊。"优秀企业家"，太抬举我了，我只是一个从北方小城跑来的外来户，我那企业，那时候算上我才七个人。你说，不花钱买，这荣誉证书能轮到我吗？我哪儿能想到后来会有那么多荣誉啊，要能想到，当初就不花那 500 块钱了。这东西，多了也没意思啊。

擦掉吧。柜子里那么多大大小小的证书、奖杯呢，随便拿出一个来都比这个级别高。

这条巷子太长了，墙上的图画没完没了，可真让人心烦。

怎么我过去的朋友都出来了？我不想见到他们。这可不是一阔就变脸，没那意思。我只是……只是不想想起我的过去。谁没有过莽撞的青春啊，酗酒，闹事，半道截下夜班的女工，那时候不是没事干嘛？二十多岁的人了，没有大学可上，没有合适的工作，没有好看的女孩跟我谈恋爱，你说怎么办？浑身上下都是力气，总得找个发泄的地方吧。派出所？那地方当然进去过，打群架的时候经常去。就和他们那帮人，我们经常聚啸山林，骑着破自行车，像打家劫舍的英雄，呼啸而来，头破血流而去，不是对方进去了，就是我们进去了。呵呵，这些想起来，还怪好玩的啊。

好玩归好玩，不能耽误正事。你说，就他们这一群人，现在都像地沟里拱来拱去的老鼠，有一个正经的吗？要知道我就是他们曾经认识的那个混混，我过去那点事，他们还不一个个唾沫星子乱飞，给抖落得一点不剩？好不容易才远离了他们，现在我身边的人，不，朋友，可都是有身份的，和他们可隔着好几个阶级呢。对不起了，兄弟，把你们都擦了啊。

一点一点擦过去，我手里的橡皮越来越小。现在，巨大的橡皮只剩下拇指肚大小，两个指头轻轻一捏，就能轻松地擦去墙上的图画。

可橡皮太小了，每次擦去的面积也越来越小。我的胳膊又酸又困，快举不起来了。更要命的是，我不知道前面还有多远，还有多少过去等着我。

但我不能停，我好像已经爱上了这个游戏，还有手里的橡皮。

这时，有人高喊：还要橡皮吗？

我立即答应：要，我要。干吗不要，橡皮多好啊，一擦，过去就没了。

他说：要高价来买。

我忙说：买，多少钱都买。

钱算什么？钱乃身外之物。而过去，不是。

九　月

一　月

又要过年了。她把折叠床搬到小店门口的人行道上，摆上鞭炮、对联、油盐调料。

风很硬，霸道地吹着折叠床上的纸张塑料袋，发出哗啦哗啦的响声。她拿起一袋盐压住对联，又拿起一袋醋压住塑料袋，嘴里回答着别人问某件东西的价格。

他坐在她背后的小店门口，看着她做这一切，好像都是她应该做的。每年的这个时候，他们都是这样。

二　月

年终于过完了，他们的争吵也停止了。

争吵的焦点是每天晚上谁要住在店里。她说：我害怕，真有小偷怎么办？他说：烦死了。年年过年都要看店，一天都不能歇，骡子马还能歇几天呢。

几乎每天傍晚，这样的争吵都要进行，好像成了习惯，不吵，这个夜晚就过不去。

如果有更好的办法，谁愿意天天这样吵下去呢？既然没有，那就还是吵吧。

三　月

他和房东打了一架。起因很简单，几块钱的水费。

房东来收房租，他给了，房东要加 8 块钱水费，他说租房时说好的，含水电费的。房东说，水电费是日常生活用的水电费，可他们在这里开商店，乱七八糟的东西都要洗，自然要另收费。他说：我是开商店又不是开饭店，能洗什么啊？

这时，她端了一大盆小鱼出来，想坐在门口收拾出来，裹上面炸了卖给附近学校的小学生。房东指着那盆小鱼：看，还说没有，这是什么？

看到她端盆出来，他已经火冒三丈了，听到房东指着那盆小鱼说事，他一脚踢翻了大盆，死的活的小鱼四散流去。

她手足无措地站着，看他和房东打在一起。

四　月

因为和房东打架，房子被收回了，他们不得不另找房子，搬家，搬商店。

他已经不记得这是第几次搬家了。自从两个人先后下岗以后，他们就再也没有做过买房的梦。

他不知道日子怎么会过成这样，和他们最初设想的距离越来越远。孩子已经十二了，十二年前，可不是这样的。那时候他们只打算租两三年房的，可谁知，竟然一直租到现在。

五　月

　　她妈病了。她哥从老家打来电话让她赶紧回去，她问什么病，她哥不说。她知道，哥是等着她拿钱给妈看病呢。可新换了房子，交了租金后，她手里的现金只有 2000 块钱了，还要进货。银行里存的 3 万块钱，那是将来给儿子上大学攒的，说什么也不能动。

　　他说：你妈病得真不是时候。

　　她说：你妈生病还挑时间啊？

　　他说：那你说怎么办？

　　她说：我哪儿知道。

六　月

　　大学同学打电话说要开同学会，问他去不去。他说：不去，没时间。她问他干吗不去，他说：破同学会有什么意思？早晚还不是那几个人烧包。

　　他很不愿意想起大学时代，他觉得那简直就是讽刺。

七　月

　　儿子放假了。小学毕业了。

　　给儿子选择一所好学校，成为他们沉重的心理负担。

　　争吵又开始了。

八　月

　　她像疯了一样，到处找人，找同学、托朋友，想让儿子进实验中学。

入学要辖区内户口本、房产证，她一样也没有。他们的户口、儿子的户口还都在原单位的集体户口本上，没有自己的房子，户口往哪儿迁呢？

她骑着自行车在骄阳下奔走，她说：大人苦点没啥，孩子可不能再受罪。

还好，校长同意儿子参加入学考试。还好，儿子很争气，考了前十名。

得到消息的那天，她破天荒地早早关了店门，她要给儿子做好吃的——炸茄盒。

一只煤火炉，一个小铁锅，她朝锅里放茄盒，他负责把炸好的夹出来，儿子端一个小碗、炸好一个吃一个。

三个人像一个牢靠的三角形，汗津津地围在一起。

九 月

儿子领回了新校服，她说：质量太差，这就敢要一百八，杀人啊。儿子从她手中夺过校服：不懂不要瞎说。

她呵呵笑笑：样子好看就行。也并不是校服质量不好，只是她舍不得那180块钱。

他说：瞧你那抠门样。

她还是呵呵笑笑：不抠你天天喝风啊？听到她蹩脚的幽默，他也笑了。

开片的瓷器

就像瓷器开片时碎裂的纹理，看不到，听不到，可裂纹一道道炸开，在光洁的釉面下。她说：我们的日子就是这样。

细碎的争吵、分歧一次比一次升级，直到他摔了那套她最喜欢的青花茶具。她用几片白色的药片谋杀了肚子里的孩子，他们俩坐在清冷的客厅里，他一根接一根抽烟，她默默地流泪。

从街道办事处出来，她看看他，他看看她，谁都不说一句话，俩人各自走开。他请求单位派他去往外地的办事处，她留在那个寂寞的家里，各自舔舐着自己流血的伤口。

半夜，她靠两片安定刚刚进入睡眠，手机响了，是他妈妈打来的。妈妈虚弱地喊：玲，快来，来。

她飞快穿上衣服，打车去城郊看那位慈祥的老人。老人疼她如自己的女儿，他们分开到现在也不敢跟老人说。她一再催促司机快点再快点，完全忘记了那时正是深夜，她要去的还是黑漆漆的郊外。

老人半夜起来去卫生间，没有开灯，回来的时候被客厅的一把小椅子绊倒，引发脑中风。老人在意识还稍稍清醒时，拨打了她的电话。她和出租车司机把老人的门撞开，老人已经不能说话，鼻子也开始出血。她急忙打电话叫120，把妈妈送到了医院。

交完押金，办好住院手续，她在急诊室外焦急地等候。她一次次想给他打电话，可每次拨到最后一位数，还是沮丧地挂了手机，尽管这是他的妈妈，可他已经不是她的了。

在医院的三个月里，她细心照料着他的妈妈，为她洗脸、梳头、擦澡、接尿，看着老人一天天恢复，她的心一天天快乐起来，笑容慢慢爬上她的脸庞。妈妈可以说话了，她说：让辉儿回来，他的孝都让你尽完了。

她说：他在外地，不要影响他工作。

妈妈可以下地慢慢走了，她扶她到外面散步做康复。妈妈说：让辉儿回来，我有话要说。

她说：你已经好起来了，就不打扰他了。

妈妈终于出院了，生活也可以自理，她说：妈，我走了，你照顾好自己。

妈妈说：别走。孩子，你受委屈了。妈还不糊涂，知道你心里憋闷，我猜你们大概瞒着我已经离了婚，难为你了啊孩子。

她伏在妈妈怀里哭了，哭得像个受了委屈的孩子。

他回来了，妈妈打电话叫回来的。他看着在屋子里走来走去的妈妈，扑通跪倒在妈妈面前：妈，对不起，我一点都不知道。

妈妈说：辉儿，去看看玲吧。没有她，你早就没我这个妈了。爱一个人怎样才算爱？爱他的亲人才是真的爱啊。

他回到了曾经熟悉的家，家里一切依旧，她缩在沙发的一角，像一只小猫。

他说：谢谢！

她说：那也曾经是我的妈。

他说：我们别再这样彼此折磨了，重新开始吧。

她说：爱已经碎了，碎了的东西是没办法补上的。

他说：知道比玉美的钧瓷吗？钧瓷有一个奇特的工序就是开片，开片在其他瓷器是瑕疵，可在钧瓷，那些开片后碎出的奇特的纹理，成就了它的美丽和神奇。我们已经经过一次窑变，裂开的纹理是我们生活里最美丽的记忆，而不是没有任何价值的碎片，她不需要修补。

她号啕大哭，没有一点掩饰。他轻轻拍着她的背，一下又一下。

苦　娘

苦娘坐在树下的时候，花白的头发和身后的老树融在了一起，好像她是老树伸出的一个枝丫。

苦娘一直这样坐着，午后的阳光暖暖的，她似乎在打瞌睡。嘴角有口水洇出，滴在衣襟上。苦娘已经走进了六十年前的那个午后，太阳也这样暖暖的，她给爷爷梳着长长的辫子。风好像凝固了，火红的石榴花也好像凝固了。她以后再也没有看到过那么红的石榴花。爷爷的水烟袋呼噜呼噜地响着，和奶奶风箱的啪嗒声和在了一起。苦娘经常沉浸在这幅画里，那时，她不苦。

一头毛驴接苦娘上路的时候，苦娘没哭，爹说：那人身板好，能干活！

能干活的男人也能打人。苦娘在男人一次一次凶狠的殴打里，一次次跑回娘家，但又一次次被送回来。爹说：哪个女人不挨打？生了儿子就好了。苦娘就等待儿子的降生，来拯救她的苦命。

首先降生的是个闺女。男人打她少了，可对那瘦瘦缩成一团猫样的丫头连正眼也不看一眼，更别说抱了。男人经常在外面耗着，不干活的时候也在外面待着不回家，他听不得闺女的哭声。苦娘知道男人在外面干啥，可她管不了了，闺女现在是她的命。闺女生病的时候，已经五岁，伶俐又懂事，嘴巴还甜。没有等到邻居把男人叫回来，闺女就在苦娘的怀里咽了气，闺女临闭上眼睛前还跟苦娘说：娘，我走了，以后爹再打你你就跑吧。

苦娘的命没了。苦娘在男人更凶狠的殴打里，没有跑，还过着那个没有暖暖的阳光的日子。终于等来了儿子，苦娘抱着儿子笑着笑着，便放声大哭，邻居说月子里别哭坏了眼睛，可是谁也拦不住。

哭过那一回，苦娘从此便很少有眼泪，男人也不再打她，抱着儿子的苦娘终于扬眉吐气了，她有儿子了！

有了儿子的苦娘，说话便有了底气，抱着儿子去找勾引男人的女人，当着全村人的面骂她，羞辱她。这时，她才敢大大方方地说：那是我的男人，离我男人远点。儿子给了她勇气和支撑。

就这样过了六年的快乐日子，儿子长到了六岁。

那天晚上，儿子发烧一直说胡话，苦娘急得一夜没睡，满嘴起了燎泡。天刚一亮，便抱着儿子去找大夫，可那个全村唯一的大夫去走亲戚了，要后半晌才能回来。苦娘抱着儿子一屁股坐在他家的门墩上，无望地哭起来。

一个本家的嫂子热心地找了一个走村的江湖郎中，把苦娘娘俩带到自己家里给孩子瞧病。郎中摸摸孩子的脉，说是要出糠，没多大问题，开了两剂药就走了。

儿子灌了药没有退烧，也没有任何反应。谁知到了晚上后半夜就开始大喊大叫，手乱抓，脚也乱蹬，喊叫了一会儿，嘴里泛出了白沫。苦娘一把抱住孩子，只不停地喊：儿啊，儿啊。儿子翻翻眼看看苦娘，什么也没说，就倒在了苦娘怀里，闭上了眼睛。

苦娘抱着儿子坐了两天两夜，儿子小小的身体在她怀里变得冰冷僵硬，她一直那样坐着，不哭，不吃，不喝，也不让别人碰儿子一下。

到了第三天早上，苦娘把儿子放进了被窝，嘴里反复地念叨：儿睡，乖儿睡。邻居趁她不注意，把儿子的尸体偷出去扔在了野地，没成人的孩子不能进墓坑，怕不能托生。

苦娘一转身找不到被窝里的儿子，把炕上的东西扔了一地，竹席也撕成了碎片，双手满是鲜红的血。她要找儿子。

没有找到儿子的苦娘，从此便疯了。她跑出村去，四下去找儿子，见了六七岁的孩子就抱着死命地亲，直到人家大人拿棍子打她，她才松手。

疯了的苦娘不知道饥饿，不知道寒冷，不知道疼痛。苦娘走到哪里睡到哪里，有人给饭了她吃一口，没有人给就几天地饿着。

苦娘疯了三年，家人找回来她又跑出去，给她穿上棉衣也让她扔到了地上，她一直喊热，热。三年的三个冬天，苦娘就靠一件单薄的褂子过冬，脚上也不穿袜子，不穿鞋，在雪地里赤着脚跑。

苦娘的疯病自己好了，谁也不知道她是怎么好的。她就那样稳稳当当地自己走回了家，端起饭碗就吃。好像她从来就没有病过，也没有离开过家。

病好了的苦娘又生了五个儿女。男人在她刚生了最小的闺女后，在修大坝的工地上被炸出的石头压死。她把孩子一个一个拉扯大，又给他们成了家，两个儿子还上了大学，进了城，成了吃公家饭的人。可是谁也不知道这几十年，苦娘是怎样熬过来的，也许她的孩子们知道，也许他们并不全知道。

坐在老树下的苦娘最喜欢听邻居说：苦娘，你儿子回来了，还坐着小汽车。

那时，苦娘的脸上就会露出干菊花般的笑容，好像六十年前那个午后的阳光一样。

棋　盘

天色渐暗，四周沸腾的声音归于越来越重的安静。

附近的工厂传来一种很低沉的嗡嗡声。

对面的人站起来：回吧。

回。古爷答应一声，并不站起来。

他慢条斯理地收拾好每一颗棋子，在盒子里摆放整齐。又取出一块布，把棋盘仔细擦干净，朝胳肢窝下一夹，晃悠悠地回去。

穿过街道，沿着一个又一个店铺门口，一路走过去，两扇黑色的大铁门，满院花草树木，瘦弱的古奶奶，这是古爷的家。

古爷把装棋子的盒子放在窗台上，棋盘却夹进卧室，小心地放在桌子下面。

古爷下棋属于好打架没力气，心思好像并不在棋上，不出十步就捉襟见肘，他也不着急，输就输了，大不了重来。好在和他下棋的都是一些上了年纪的人，一辈子输赢太多，棋盘上高下也淡了，呵呵一笑，再来。日子这么多，慢慢打发。

唯有一点，古爷爱惜他这个棋盘。下到得意处，一枚棋子拈起，"啪"地一拍，棋盘难免晃几下。古爷就提醒：小点劲，别把棋盘拍烂了。

这个棋盘，也没什么稀奇之处。一块方方正正的桐木板，刨光，上了白色油漆，老旧暗黄，黑墨画了楚河汉界，这就是棋盘。可古爷爱惜，仿佛宝贝似的，出来夹着出来，回去夹着回去，别人想帮忙捎上，一概不行。

以前古爷不这样。那会儿，他人高马大，走路一阵风，一杆旱烟别在腰里，旧蓝的烟荷包在屁股上一跳一跳。古爷走路脚步声重，离很远，不用看，听脚步就知道是他。

古爷做了三十多年的村支书，老老少少见了他不论辈分，都喊他古爷。那时候，古爷可没工夫下棋，他忙啊。几百口人要吃饭，他不操心行吗？

这个叫上官的村，是全乡乃至全县少有的富裕村。就因为邻国道，地势平，一马平川，还都是水浇地，种什么都长，尤其是棉花。

上官村人种棉花有经验。大集体时全村一盘棋，古爷就是优秀的棋手，可不像现在。他把棉花这盘棋下得有声有色，一眼望去，到处都是绿油油的棉花苗，枝条伸出老长，密密匝匝挤在一起。妇女们分散在一块一块的绿色里打顶掐芽捉虫，手底下麻利，嘴里也麻利，笑声串成了串，连成了片。

到了秋天，上官村看起来更壮观，如一场大雪降落，到处铺盖成白色。地里，绽放着白生生的花朵，场院里，满当当晒着棉花，空气里弥漫的都是棉花暖烘烘的味道。

古爷嘴里咬着青玉的烟嘴，那个乐。上官村人都乐，一群和古爷年纪相仿的女人，猛不丁抬起古爷，一下给扔到棉花垛上，吓得古爷忙往出爬：火，火。

别说全县了，上官村的棉花在全省都有了名，乡领导、县领导、省领导，带着一拨又一拨人来参观学习，要古爷讲讲经验，古爷吭哧半天，不知道说什么好。

后来，地分了，古爷还当支书，上官村依然是上官村，依然一望无际，到处是棉田。古爷老了，那些和他开玩笑的女人也老了，再也抬不动他了。古爷说：换人吧。全村人拗着，就不。

听说古爷当选全国人大代表了，村里人都跑去古爷家看稀罕，好像突然之间不认识他了，大家不知道这人大代表到底是多大的官。古爷说：中央估计也想听咱种棉花的事哩。大家哄堂大笑：古爷，那你就给中南海也种点棉花。

嗨，这些都太远了，不知道古爷还记得不？

前几年县里要征地，乡长和古爷谈，说上官村和其他三个村整体被征了，要建工业园。

古爷头一拧：不行。这么好的地，可惜了。

乡长说：全县上下一盘棋，不能因为你上官村把这盘棋毁了。

古爷一个人当然毁不了一盘棋，上官村也毁不了一盘棋。就是残局，这盘棋也得磨下去。当年年底，古爷不干了，说什么也不干了，说老了，思想落后了，跟不上形势。

家家户户都拿到了补偿款，高兴地坐在家里盘算是该先盖房还是先存银行。年轻人天天跑工地看工期，迫不及待地想进厂当工人，这是征地时答应他们的。

古爷也领到了补偿款，他对古奶说：这是老了烧我们的钱。

从那以后，古爷就开始在街头下棋，什么也不管，什么也不过问，好像他从来没有在上官村管过那么多年的大事小事，好像上官村和他无关。

他只关心下棋，却又不关心输赢。

古爷真心喜欢的是他那个棋盘。

棋盘的一面是楚河汉界，另一面写着：国家重点优质棉花生产基地。红漆很淡了，古爷用一块旧灯箱布蒙着，谁也看不到。

刘小小的动物世界

如果不是同学聚会，我恐怕不会再见到刘小小。尽管我们都在一个城市，尽管城市也不大。

过去的十几年里，我们不是也没见过，没来往过吗？谁也没有因此少了什么，大家都活得挺按部就班，该结婚结婚，该生孩子生孩子。

如果问一个问题：生活的终极目标是什么，可能很多人都会回答：幸福。没有人为了痛苦活着，除非有受虐癖。

见到刘小小的时候，刘小小就很幸福。

刘小小满脸盛开着灿烂的笑容。记忆中的刘小小像弱小的豆芽，什么时候都怯生生的。学习怯生生地不敢好不敢坏，生活怯生生地循规蹈矩，一头短发稀黄，碎花上衣总嫌短小，蓝裤子却又总是过于肥大。

现在的刘小小不一样了，一点也不一样，高了，也胖了。只有头发，依旧黄，烫成卷，像秋后的玉米缨子，看得我心里总是特别着急。

现在的刘小小还有一点不一样，不怯生生了。神态里有一种不由分说的东西，让她看起来总是处于幸福的中心，很确切的十拿九稳的幸福。

有人说：刘小小现在是校长。

刘小小说：嗽，就是孩子头儿。

那次聚会上，刘小小是个风头人物，校长啊，管着多少老师多少学生呢，早就练就了过硬的本领。面对这些没当校长的同学，她很小菜一碟地就应付了，笑语盈盈，谈笑风生。

刘小小说：我家有很多小动物，谁家孩子喜欢都去拿啊。

我顺嘴起哄：我，我要。

刘小小说：好啊，随便拿，看上哪个拿哪个。

聚会过去了也就过去了，很少有人把聚会上的信誓旦旦当真，聚会前该怎么生活还怎么生活，但刘小小不，她很当真的。

星期六早上，刘小小给我打电话：来我家玩吧，你不是要小动物吗？来拿啊，把孩子带来。

话说到这个份上，不去不合适，去吧。

我带着孩子去刘小小家。尽管之前已经问过刘小小，可要找到她家还是费了些周折。这个城市很多地方我从来没去过，包括刘小小的学校还有她的家，那是郊区的一所农村学校，她住在学校旁边的一排平房里。

两间房子打通，家不小，但乱，没有任何规矩。每天过的日子都在眼前摆着，早上吃剩的咸菜、凉拌绿豆芽，掰了半拉的馒头，削了皮咬了几口的苹果，沙发上的袜子，椅子上的外套，地上的瓜子皮，如果没有些定力，我肯定是没办法坐下去的。

我刚一坐下，就觉得脚下有东西在拱，低头一看，一只黑不溜秋的小狗正在啃我的鞋跟，尾巴一摇一晃。我动动脚，小狗仰脸看着我，眼睛也是圆溜溜的黑。

刘小小伸手一把抓过小黑狗，问我孩子：喜欢不？喜欢了送给你。

孩子一看小狗，高兴晕了，忙说：喜欢。两手接了抱在怀里。

我仔细看了看，刘小小屋里的动物还真是不少。除了刚才的小黑狗，门口挂了两只鹦鹉；沙发边一个鱼缸，养了一大群的小金鱼，兴奋地挤来挤去；地上一只木箱，里面是小乌龟，拳头大三四只，安静地待着。刘小小说屋后还有一只大狗，几只鸡。

我惊叹：小小，你家快成动物世界了。

刘小小说：嗨，孩子喜欢，就养了。

说到孩子，我忙问刘小小她孩子呢，一直没见，也没听她说过。

刘小小说孩子出去了。

到了中午，刘小小的爱人回来了，她孩子还没回来，刘小小说在这里吃饭吧，手擀面条，还有别人给的野菜。

我孩子得了一只小狗，抱在怀里不撒手，闹着要赶紧回家给小狗安窝，我只好跟刘小小告别，跟她热闹的动物世界告别。

回到家，不知道是我不会养，还是新换了环境，小黑狗一直不停地叫，叫得一家人不能安生，到最后孩子也烦了：不养了，给阿姨送回去。

到了周末，抱了小黑狗又给刘小小送去。她家里依然混乱热闹，又添了几只小鸡，毛茸茸的小黄球，在地上滚来滚去。

刘小小提醒我走路别抬脚，贴着地面走，怕我踩了小鸡。

小小，这么多东西，你不烦啊？

不烦。有这么多东西在我眼前等着吃等着喝，天天围着我，我就觉得特别幸福。刘小小脸上果真是特别幸福的样子。

后来的后来，偶尔提到刘小小的动物世界，我是当笑话讲的，有同学就很认真地告诉我，刘小小的孩子特别喜欢小动物，可那个孩子遇到了车祸，才六岁，一个男孩。

我算了算，应该比我的孩子还大一岁。

女人花

　　"女人如花花似梦。"梅艳芳一遍一遍地唱，她一遍一遍地听，直到听出两行清泪来，她也没有想清楚，自己这样一个女人，是怎样的一种花。

　　她伸出手去，在胸前轻轻触摸，一个，一个，大大小小的肿块，像卧在花心的恶虫，伸着长长的脖颈，一点一点蚕食着娇嫩的花蕊。

　　"乳腺癌。"三个字从医生嘴里冰冷地跌落，差点把她打倒在地。本来她还抱着侥幸的心理，那几个小小的肿块不过是增生，或者是别的什么不速之客，谁知居然是癌！她一直以为自己是坚强的，其他的任何疾病，她都不会恐惧。可突然来临的是乳腺癌，长在女人最尊贵的地方。她绝望了。

　　她拒绝了医生的建议和丈夫的劝慰，切除病灶。她知道切除病灶意味着什么，她不敢想象自己变成一个残缺不全的女人，失去上天赋予的美丽和平衡。她把自己关在屋里，不吃不喝，静静地躺在床上，任谁叫都不开门。想要就带走吧，如果本是属于上帝的，那么就归还给上帝。她宁可这样等，等自己慢慢枯萎，零落成泥，化为一抔净土。

　　读高中住校的女儿突然回来了。女儿一进屋就喊："妈——妈——"她听见丈夫对女儿说你妈妈不舒服，在屋里休息，要女儿小点声。女儿降低了声音，说她这几天一直做噩梦，总心神不宁，特想妈妈。

她躺不下去了。女儿就在客厅等她，她必须出去。她从床上爬起来，对着镜子整理整理头发和衣服，使自己看起来精神点，然后慢慢拉开门，喊着女儿的小名。女儿看见她出来，一下扑进她怀里："老妈，我可想死你了。你没事吧？"她抱着女儿，把女儿的头紧紧贴在胸前，像小时候给她喂奶那样："没事，有点感冒，快好了。"

晚上，她破例没让女儿回学校，给老师打电话请了假，要女儿晚上和她一起睡。她和女儿躺在一个被窝，详细地问女儿最近的学习情况、生活情况。女儿的腿搭在她身上，手就放在她胸前，她感觉好像回到了女儿小时候。那时候，女儿天天晚上就这样，好像那样她才能睡得安稳。女儿很快睡着了，她抚摸着女儿渐渐发育成熟的身体，心里突然很痛。如果没有了她，女儿这朵小花将在风雨中怎样飘摇？她彻夜无眠。

第二天早上，她给女儿准备了足够的钱，告诉女儿她要出趟长差，她爸爸也要出去学习，让她最近不要回来，安心复习，准备即将到来的期中考试。女儿欢快地答应一声，抱着她在她脸上亲了一口："知道了，老妈，记得回来给我带礼物，要考拉。"她拍拍女儿的脸："记住了，给你带考拉。"

女儿高高兴兴地走了，她对丈夫说："去医院吧，切除。"她愿意接受手术刀冷酷的切割。

手术很成功。她从麻醉中醒来，只感觉胸前是撕心裂肺的疼，她伸手去摸，左侧胸部是层层平整的绷带。没有了，连同虫子一起消失的，还有娇嫩的花蕊。她在被子下放声痛哭。

邻床也是一位患乳腺癌的女人，比她年轻，才三十二岁，有一头漂亮的长发，已经是手术后第七天了。

年轻女人走到她床边，轻轻在她被子上拍了拍，什么也没说。她停止了哭泣，伸出头来，年轻女人朝她笑了笑，还是没有任何言语。但她却好像得到了奇异的力量，突然不想哭了。她抹干净眼泪，冲年轻女人苦苦一笑："上帝把他给我们的东西收回去了。"年轻女人说："幸好上帝没有收完，要不我儿子我先生我妈我爸可怎么办啊？"

"是啊，幸好上帝开恩。"

换了种思考的方式，她变得轻松多了。

十几天后，拆线了。她把自己关在病房的卫生间里，独自对着镜子，长久地看那条横在左胸的伤疤。她从没有见过如此卑劣的缝合技术，胸部美丽的皮肤被紧紧揪在一起，像一块破旧的抹布，她又一次泪流满面。擦干泪，洗了洗脸，她让丈夫把手术前他偷偷收起来的文胸找出来，认认真真地戴好。在左侧的空旷里，她塞了一大团纱布，看起来和任何一个健康的女人一样，和以前一样。

就像真的出了一趟长差，她在丈夫陪同下，回家了。路过一家礼品店，她没忘记给女儿选一只毛茸茸的灰色考拉布娃娃。她打电话给女儿，说她出差回来了。

女儿看见妈妈回来，高兴得又搂又抱，她忍着剧烈的疼痛任女儿折腾。女儿并没有发现她的变化。

她给了女儿一个完整的妈妈，一个完整的家。

树上不会结黄金

　　放暑假快一个月了，我天天躺在家里看书，睡大觉。我是家里唯一的大学生，父亲他们去苹果园干活的时候，从来不叫我。

　　天黑透了，他们才回来。二弟一瘸一拐，父亲拉着架子车，车上装了满满四筐苹果，母亲在后面推着。父亲嘴里骂骂咧咧，骂二弟干活毛糙，出工不出力。

　　二弟脸上没有任何表情，一颠一颠蹦进了屋，大姐说他从树上跳下来时崴了脚。

　　晚上吃饭，二弟一声不吭，父亲还在骂他：干啥啥不行，做啥啥不中。上学不好好学习，干活也不愿出力，那么多饭都白吃了。其实，二弟才十六岁，父亲总把他当大人使唤。

　　吃完饭，父亲又骂了二弟几句，然后说让我第二天和他去镇上卖苹果。

　　第二天早上，我被大姐叫醒，父亲已经把四筐苹果重新用麦秸垫了厚厚的一层。父亲在前面拉，我在旁边推。

　　十三公里路，跟三十公里似的，平时没觉得远，这会儿却怎么也走不到头。八月的太阳半早上都热得出奇，一会儿我就浑身上下冒火，脚在鞋里和泥一样咕唧咕唧响着。

我感觉快要中暑了。头发昏，四肢无力，我双手紧紧抓着车帮，已经不是我在推车，而是车子拖着我在走。父亲喘着粗气说：快到了，马上就到了。我看不见父亲的头，只能看见架子车的拉带斜横在他满弓样的背上，撅起的屁股，黑褐色的两半截瘦腿，还有一对马一样蹬着地的大脚。

终于到了镇上，收购苹果的摊点很多，一个彩条大棚挨一个，绵延出去好几里地。父亲从第一家开始问，接连问了十来家，不是品种不对，就是规格不合要求。

父亲不急不慌地拉着架子车继续挨家问，我拖着腿跟着。父亲问我渴不，要渴了去买根冰糕吃，我问他要不，他说不要，说吃那东西拉肚子。

卖冰糕的老头似乎也晒蔫了，我说了几种在学校常吃的冰淇淋，他懒洋洋地摇头，眼都懒得睁。冰柜里全都是很劣质的冰糕，一根像样的也没有，我只好要了一根五毛钱的绿豆沙。

父亲已经走过去很远，还在极有耐心地一家一家问着，我追上他，让他咬一口。父亲看看冰糕，舔了下嘴唇，下了很大决心似的咬了一口，他很夸张地咝咝吸着气：怪凉。

终于有一家肯要我们的苹果，父亲忙问价钱，一听说才四毛五，父亲眼里刚燃起的希望瞬间又熄灭了。

我看看架子车上拉的四筐苹果，个个颜色鲜艳，光滑水灵，个头也不小。我朝摊主嘟囔了一句：这么好的苹果才给四毛五，你也太黑了吧。

父亲急忙扭过头呵斥我：别插嘴。

我住了嘴不说话，继续啃我的冰糕。父亲腆着脸和摊主磨着，看价格能不能再高点。磨了大概十多分钟，一分钱也没磨上来，父亲弯下腰，把拉带朝肩上一搁：走。

走。所有的摊点都走遍问遍了，只有一家出到四毛七。重新拐回去，父亲不放心似的又问一遍：是四毛七吧？

得到肯定答复后，父亲把苹果一筐一筐轻轻地搬下来。他说：去年都七八毛呢，今年价咋这么低？一个负责验级的小姑娘一边拿箱子准备给我们的苹果分级，一边不耐烦地说：今年是大年，苹果多。父亲咧开嘴，讨好地冲小姑娘笑：我知道，我知道。

看到父亲那样的笑脸，我有点替他难过。六十多岁的人了，讨好一个黄毛丫头，太有失尊严了。

可父亲根本不看我拉长的脸，只顾蹲在小姑娘身边，不停和她套近乎，又把她打出来的苹果一个个拿起来翻来覆去再看看，又小心地递过去，嘿嘿笑笑：这个挺好的，你再验验。

终于，四筐苹果验完了，打下来了整整一筐。过秤一秤，才一百七十三斤。父亲用一根小棍在地上算钱数，我说：爹，别算了，除去筐，应该是74块2毛6。父亲头也不抬：我再算算，别错了。父亲嘴里念叨着乘法口诀，一下一下在地上划着，一直算了三遍，他才说：对着哩。

父亲把所有的钱数好、叠好，放进裤兜里，又使劲按了按，说：回家。

我饥肠辘辘，跟在拉着空架子车的父亲身后，午后两三点的太阳像下火似的，烫得扎肉。

一路上，父亲一言不发，我不知道他在想什么。我只能看着他黝黑的脖子上，一道一道的汗朝下淌，架子车的拉带无精打采地耷拉在他湿漉漉的背上。

我不敢说饿，不敢说热，更不敢说累，我什么都说不出口。

一家人忙了两天，满满四大筐苹果，才卖了不到80块钱，两亩果园也不知道能摘多少个四筐。而我，每年从家里要走的钱却是将近两个八千！

以前，我一直很无知地以为，我们家的苹果树上结的都是黄金。

水库边的芍药花

我与自己相遇在三十年前，那个叫观头村的地方。

布满石子的公路两边，青绿的玉米在微风里窃窃私语，它们的怀里，抱着籽大穗长的玉米穗子，缠绵柔软的璎珞吐出很长。

我沿着这条路，一直走，拐过一个弯，走过一条长长的堤坝，就看到了从那头摇摇晃晃过来的自己：黑瘦的身子，光着脚丫，两条细长的辫子已经乱糟糟的，眼睛很大很亮，有人说像《城南旧事》里的英子。我端着一个旧的白瓷洗脸盆，盆里有小鱼小虾，还有半盆水。

就是这半盆水让我走起路来摇摇晃晃，要时刻小心把里面的水连同小鱼小虾一起晃出来。我的身旁，是同样瘦弱的娘，她歪着身子，胯骨上顶着一个硕大的竹筐，筐里满满地塞着刚洗干净的衣服。

同以前的很多次不同，我脸上挂着泪珠，鼻子还在不停地一吸一吸，把刚想流出来的鼻涕吸进去。娘说：说不能要就是不能要，那是水库的。

她在说芍药花。我哭的也是芍药花。

我到现在还一直怀疑那个地方是不是真的存在，是不是我为自己无趣的童年杜撰出来的。

一股山泉从青褐的石缝里流出来，经过几棵柳树，流进那个水库，清亮亮地滋润着一村老小。水库旁边，沿坡开掘出几块梯田，种菜，种瓜，种花，像世外桃源一样，灿烂、安静。

花只有一样，芍药。成片的芍药花开放时，娇粉的花瓣，嫩黄的花蕊，碧绿的花叶，浓郁的香味，让人觉得实在太过奢侈。但那些芍药花就那样一年一年奢侈地开着，而且面积越来越大。每当这个时候，我就盼望娘能去洗衣服，我可以跟去，偷偷地溜进菜地，去看那些娇艳的花朵。

终于在那一天，我给娘提出了一个很尖锐的问题：我要花。娘说：那是别人的，有人看着。我固执地站在太阳地里，眼巴巴地看着那些花：我想要。娘说：不行。我张开嘴就哭，那是我觉得唯一可以说服娘的武器，但在那一天，还是没用。

我端着娘用兜里的馒头渣子和洗脸盆捞来的小鱼小虾，一路哭啼不停：我要花。那些小鱼小虾哄骗不了我的，它们虽然会很好吃，但怎么能跟那些漂亮的芍药花比呢？

在以后的很长时间，我像个啰嗦的老太太，想起来就念叨，没完没了。娘终于被我念叨烦了：别嘟囔了，明年我给你种。我细瘦的胳膊攀在娘的腰上：真的？真的？你说话算数。娘一扒拉我的头：算数。

第二年的春天到来之前，房檐上的冰还没有化完，娘说要去水库洗衣服。我吵着要跟，她说：冻死你，花儿又没开。娘不怕冻，她从来都是结实而无坚不摧的。

等到娘洗衣服回来，我看到她从竹筐下掏出一个白塑料纸包的小包，她说：你的花。我看到了两个像小红薯一样的东西，娘说：这是芍药花的根。

那个下午，我很卖力地搬砖、端水，娘在院子里垒起两个一尺见方的花池，一个花池里埋进去一个芍药花根。我天天守着，眼看着绛红的嫩芽钻出地面，长成壮硕的花茎。

初夏到来的时候，我的芍药花开了。只有一朵，尽管小，但也和水库边的芍药花一样，娇粉的花瓣，嫩黄的花蕊，香极了。我高兴地围着小小的花池转来转去，手舞足蹈。我喊来所有认识的小朋友，让他们看我的芍药花。但只准看，不准摸，也不准闻。

一个拖着黄鼻涕的小孩突然说：这花是偷的。

我立即申辩：不是，是我娘种的。

黄鼻涕说：是你娘偷的，从水库偷的花根。

我扯着嗓子跟他吵：不是，不是，就不是。

那群本来还很羡慕我的小朋友，这时背叛了我，他们家里都没有这样好看的芍药花，他们全站在那个黄鼻涕一头，异口同声地说就是我娘偷的。他们拖着长腔喊：你娘是个贼……我气愤极了，从院子里捡起一根桐树棍朝他们抡过去，他们跑了，但依然在巷子里高喊：你娘是个贼，偷水库的花……

他们的喊声让我很难过，我扭身拿芍药花出气，三下两下把那两棵花连叶带杆揪个精光。那朵娇艳的芍药花，才绽放了不到一天，连同嫩绿的叶子一起，被我扔进了猪圈。

娘从地里回来的时候，我正坐在房檐下哭，看到她回来，我更放大了声。娘急忙问：怎么了？我冲她喊起来：花是你偷的，你是个贼。

娘没说话，扬起手给了我一巴掌，我的脸火烧火燎地疼，但嘴里还在喊，好像要把那些孩子吆喝给我听的全还给她：你是个贼，贼！

很奇怪，娘没有再打我，也没再搭理我。

后来，后来怎么样了？我不记得了。

院子里的芍药花第二年依然发芽、绽放，比头一年更多，花朵更大。

我至今也没明白，当年的芍药花根到底是娘偷的还是跟人家要的呢？她一直没说。

这些都不重要了。娘不在了，院子里的芍药花不在了，水库边的芍药花也不在了，就连水库，也干了……

愚蠢的发明

受不了了。实在受不了了。

当我把自己像一张照片一样扔到床上的时候，我才明白，为什么除了人，其他动物都不直立行走。直立，太累了，尤其是直立行走一天，更是累。

当然，这还不是最累的，最累的是我的脑袋。这颗外边裹着精短的头发，被理发师修理出整齐形状的脑袋，一刻不停地进行着高速运转，不停地想做过的事，要做的事，没做的事，比如计划，谈判，意向书，总结，报告，等等等等，简直烦透了。

我曾试图单方面终止这样的运转，可没等我真的停下，我就惊恐地发现，这根本行不通，我怎么可以眼看着别人匆匆忙忙，而我甘心做一个懒惰的人，一个无所事事的人呢？这显然是愚蠢的想法。

今天，我又一次被上司骂，他骂我脑子是一桶糨糊，骂我没有能力。单单是这些，我也就忍了，最让我无法忍受的是他让我滚，而且是越远越好。老天，我做错什么了？要让我滚出他的视线。我是直立行走的人，我早已经失去滚的本领。

憋着一肚子的火气，我在公共汽车上又跟人吵了一架，周围的人居然都来指责我，说我一个大小伙子，不该跟一个姑娘计较。凭什么啊？明明是她尖细的高跟鞋踩了我一脚，我怎么就不能要求她赔礼道歉呢？

满车的人就那么不讲理，我势单力薄，无法再跟他们计较下去，我提前两站下了车，一摇一晃地走回了家。

躺在床上，我一边诅咒公司的上司，一边恶狠狠地扔飞镖。

那个奇思妙想就在这时冒出来：我要发明一种能让时间慢下来的仪器。

说到做到。我立即爬起来完善我的构思，并在洁白的纸上画出一张张草图。

功夫不负有心人，终于，我臆想中的"时间减速器"被我折腾出来了。

一顶类似过去女士烫发用的电加热帽，但没有长长的电线。各种数据被集中在一块很小的芯片上，装上两节五号电池，这个神奇的时间减速器就可以正常运转。

戴上这顶帽子，一切都可以慢下来。时间如同凝固的水，不再流动，一天时间仿佛一个月那样漫长，你不用着急赶一系列的数据报表、计划总结，不用在吃饭时间一手端着快餐盒，眼睛盯着电脑看股市大盘，不用害怕约会迟到，不用害怕发出的电子邮件收不到，不用一会儿摸出手机看一下，生怕漏掉未接电话。太阳在头顶慢慢地移动，所有的人在路上闲庭信步，你甚至可以在上班途中和大家聊聊天。

太舒服了！我可以放心大胆地睡到自然醒，可以舒舒服服地吃完早餐再去上班，可以悠闲地一路走，一路欣赏路边火红的美人蕉。

捧着这个神奇的时间减速器，我在屋里高兴地蹦起来。

不行，我得让更多的人知道我这个伟大的发明，让更多的人使用。我甚至想，如果将来能够普及到每人一个，这样不就等于整个世界都慢下来了吗？或许，我就可以成为一个名垂史册的发明家了。

想到这里，我欣喜若狂，恨不能立刻让大家了解并接受我这个伟大的时间减速器。

我来到父母家。父亲正在练字，那个"之"字他总写不好，纸篓里扔了一团又一团写废的宣纸。我喊他，他没有抬头看我，只是"嗯"了一声，说回来了，然后又跟那个"之"字作艰苦卓绝的斗争。我说：爸，爸，给你看样东西。说着我拿出那顶帽子样的东西，我劝说他戴上，他拒绝了，他说都是女人用的，他不戴，他忙着呢。我在他身边转来转去，一直不停地劝说他试试，最后他被我磨得实在没有办法了，才勉强答应试一下，就五分钟。

五分钟，戴上我的时间减速器，他的五分钟就可能是五个小时了。我得意地看着父亲端起一杯茶，慢慢地吹，慢慢地闻，慢慢地品，然后，他又盯着字帖，细细地琢磨。

几个小时后，我摘下父亲头上的时间减速器，问他感觉怎么样？他说：好，好，好像回到了二十年前。父亲轻轻地眯上眼睛，我知道，他沉浸在对二十年前的回忆里了。

这时，爷爷拄着拐棍，拎着他那对虎皮鹦鹉回来了。爷爷看见我，呵呵一笑：嘿，你小子怎么有空回来了，整天忙啊忙，当国务院总理了？

我顾不上跟爷爷贫，我迫切需要证实我的伟大发明。

爷爷很配合，我帮他戴上帽子。

才不过一刻钟，爷爷就扯下帽子：这就是你的伟大发明？我点点头：是啊，是不是特别好？

爷爷扁着嘴角一撇：好个屁！这不就是俺们小时候的样子？除了没有这么多新玩意儿。你这个也叫发明？太愚蠢了，没有一点科技含量。

我收拾起我的被爷爷叫做"狗屁"的发明，心里一阵难过，太受打击了。突然我又很羡慕爷爷，他小时候怎么那么美好呢？

牙 疼

李胜利的每一天都和昨天一样，好像一篇平淡无奇的文章，连一个分号、冒号、感叹号都没有，只是一连串接一连串的逗号。

早晨醒来，李胜利先坐在马桶上抽一支烟，把昨天和今天连接起来，然后摇摇头，把一个晚上的昏沉隔过去，接着开始洗脸、刷牙。

谁知牙刷刚一接触到牙齿，他就觉得疼。对着镜子照照，好像是上颌的牙龈有问题，红肿得厉害，牙刷一碰，周围好几颗牙齿都在疼。

李胜利几乎是有点兴奋。牙疼啊，这可是今天的一件大事了。

李胜利大声喊妻子，想让她给他找点药，可妻子已经送儿子上学走了，家里就他自己。李胜利在抽屉里翻了翻，药倒不少，但他不知道该吃哪种，只好疼着去上班。

一进办公室，李胜利就觉得牙比清早疼得厉害了。他不由自主地用右手托着腮帮子，似乎那样牙可以疼得轻些。

老李，你怎么了？同事问。

李胜利"咝——咝——"吸了几口冷气，咧着嘴说，牙疼。

牙疼？最好是找几颗花椒咬着，别的法都不管用的。

办公室哪儿有花椒啊，李胜利狠狠白了同事一眼。

同事想想也是，办公室哪儿弄花椒去？他看看龇牙咧嘴的李胜利，转身走了。

李胜利捂着腮帮子，一直坐在办公桌前。牙疼得更甚，一直疼到五脏六腑，疼得钻心烧肺。

同事看李胜利难受的样子，又过来劝他，老李，你出去溜达溜达吧，转移转移注意力，那样也许会疼得轻点。

李胜利点点头，走出办公室。

在走廊，李胜利碰到隔壁办公室的小会计，小会计一见他的样子，先扑哧一笑，然后脆生生地问他，呀，李老师，你怎么了？

牙疼。

噢，牙疼啊，那可是很难受的。前一段我牙疼，疼得在床上打滚呢。

李胜利挤着眼睛笑了笑，心想我能和你一个小丫头片子比吗？我能在床上打滚吗？真是的。

李老师，我告诉你一个好办法，用冰块含着，这个办法很管用的哦。

李胜利瞪了小会计一眼，那意思是哪儿弄冰块去。小会计一看李胜利瞪着眼，才想起这会没地儿弄冰块去，伸了伸舌头，又呀一声溜进她自己办公室了。

李胜利觉得现在已不仅仅是牙以及周围的部位在疼，疼痛的感觉已经入侵到神经的每一个细枝末节，似乎手指头都在疼。

他在办公楼里转来转去，他想告诉每个人，他牙疼，疼得很厉害。

其实不用他告诉，还没到中午下班，办公楼里的人似乎都知道了这件事。因为他们都看到了他捂着腮帮子咝咝不停吸冷气、痛苦的样子，他们都知道了，那个办公室的老李，他今天牙疼。

中午休息的时候，李胜利没有去吃饭，他的饭同事帮着打回来了，一碗稀粥。同事说牙疼不能吃热的，不能吃硬的。

同事还从食堂要来几粒花椒，要李胜利先咬着。李胜利咬了一会儿，觉得除了腮帮子一阵麻木，牙好像并没有什么改善，依然是疼。

同事说估计是花椒不好，我去找麻椒。说完腾腾腾又出去了。

同事刚出去，隔壁的小会计进来了，手里拿一包小孩吃的冰块。李老师，刚从外边买的，没有小冰块，你凑合咬一点试试吧。

李胜利呸呸呸吐了嘴里的花椒，问小会计，能管用吗？

呀，李老师，不相信我啊，我牙疼就用这个的哦。

折腾了一中午，李胜利的牙也没有一点好转的迹象，间或有外科室的人来串门，顺便问候几句，说起自己或者亲戚朋友牙疼的事，好像到处都是牙疼过的人。李胜利的办公室热闹了一中午，热闹中，他的牙似乎的确是疼得轻了些。

熬到下午下班，李胜利回到家，想告诉妻子他牙疼了一天，那个痛苦啊。可妻子还没回来，打电话，妻子说儿子晚上练琴，她要等练完了，接了儿子才回来，让李胜利先准备饭。

李胜利一听很是恼火，我牙疼啊，疼得这么厉害，居然还让我做饭，有没有人性啊。可妻子电话已经挂了，想想一会儿妻子和儿子回来那么晚，还饿着肚子，李胜利只好强打精神去做饭。

熬汤，炒菜，拌凉菜，等把一切都弄好了，妻子和儿子也回来了。李胜利刚想告诉妻子，他牙疼，疼了一天，疼得很厉害。可这时，他发现牙居然不那么疼了，他伸手摸摸牙龈红肿的那个地方，好像也不怎么肿了。

他吃一口热菜，不疼，吃一口凉菜，也不疼，喝一口汤，还是不疼。

李胜利突然觉得整整一天，自己很无聊。

窑　事

日头很暖，晒得人懒洋洋的。羊在沟里吃草，像一朵一朵的白云浮在绿色的天空上，慢吞吞地游动。

七爷坐在山坡上眯着眼睛晒暖儿，身后是那孔新打的窑。

窑门用砖封上了，七爷看看窑门说：早晚我得进去。

七爷说：五十年前我去赵家塬接你，牵一头毛驴子，一进院门你爹就骂我，嫌我没牵高头大马来，要我回去。我就不回去，坐你家门墩上坐到快晌午，你娘急了，说赶紧叫人家把人接走，再不接走闺女名声就毁了。你穿着粉红缎子棉袄、绿缎子棉裤，俺牵着驴，一路上就看见你那俩水红水红的脚丫子晃来晃去了。过玉米地的时候，我真想把盖头给你掀了，可我还是忍住了。

羊在沟里继续浮着游着，七爷晒着太阳就犯起了迷糊。

七爷说：六零年低标准的时候你生缸子，一家大小饿得嗷嗷叫，玉米芯子都磨着吃了，我看你腿肿起老高，晚上就去生产队地里偷萝卜，叫队长抓住了，萝卜给收了，还白天晚上批斗。可咱缸子生下来咋还那么结实呢？

坡上野石榴花开得火红火红，七爷从身边顺手掐一朵，放在窑门口，他又一屁股坐在地上，他看看窑门说：早晚我得进去。

七爷说：咱家挖窑那年你怀着瓦罐，你非要自家挖座地坑院，还要转圈窑，一筐一筐土朝外担，四丈深的院子没把我累死，你要在自己挖的窑里生瓦罐，七眼大窑啊，谁看了谁不眼气。

七爷把窑门口的草仔细拔干净，又把封窑门的砖下面的浮土踩踩，他说：早晚我得进去。

风有点硬了，坡上的风割脸，七爷把身上的棉袄朝怀里裹裹，他像往常一样一屁股坐在枯黄的草上，草呻唤一声，折了。

七爷说：天冷了啊，缸子媳妇做的棉袄哪儿都不和窍，穿着八下里进风。你一辈子给东家做衣服、帮西家纳鞋底，你到底没把你缸子媳妇教成，做的活老差劲了，唉——还有啊，那瓦罐的媳妇连个煎饼都不会摊，摊得跟烙馍一样，能有半寸厚，吃到嘴里没味啊。那年正月月尽，我上山拾柴火，你鸡叫头遍就起来给我摊煎饼，你摊一个我吃一个，一大盆面水摊完了，我也吃光了，你摊得那煎饼薄得跟窗户纸一样，香啊，到山上还顶饥。下雨了吃不上煎饼要急死人啊。

风转过年又暖了，羊群又开始在河里的绿草上游。七爷拄着一根溜光的木棍，在窑门前看看，拿棍戳戳封窑的砖头说：等着，我马上就来了。

七爷放下棍子，慢慢扶着地坐在窑前，他在窑前坐的时间越来越长，话也越来越多，却找不出个眉眼头绪，东一句，西一句的。

七爷说：那年我上山割蒿，蒿捆子里钻个蛇，你还记得不？到场院一打开蒿捆子晒草，你看见扁担长的青花蛇"哧溜"从脚底下过去，吓得抓天叫地，老往我背后躲，再也不进晒蒿场了，那时候还没小霞哩。七爷说着，脸上的皱纹朝一起挤了挤，他在笑呢。

七爷说：缸子家的老大考上大学了，我跟你说，你听见没啊，要听见了你哎一声，一辈子我就稀罕听见你哎。对了，你不会哎了，那你等着，等我进去了你再哎啊。

晒着太阳的七爷在山坡上睡着了，他慢慢地把身子朝后一仰，人就斜在山坡上。他睡得很熟很熟，几只蚂蚁钻进他衣服袖子里他都不知道。七爷做着梦，梦里穿水红水红绣花鞋的女人在向他招手，她说：一辈子都是你走前头我跟在你后头，就这一回我没听你的，你咋就撵来了？

七爷说：就这一回你咋不听我的啊？走在后头的滋味不好受，我撵你来了，撵上你，我还要走前头。

七爷睡得很香很沉，缸子和瓦罐还有小霞哭得满沟跟狼叫一样，还是没把七爷叫醒。七爷在梦里说：都掉啥泪珠子啊，我去看看你妈，她一个人在窑里等我两年了，我不能老让她等啊，窑里凉。

女人睡在窑里，七爷睡在窑外。

都是车闹的

山大爷的孙子要结婚，电话打了四五个，一再问强回去不，还叮嘱，要回去了就带个好点的车回去。进城和强一起生活的父亲看到强犹豫，就骂他："孬货，官做大了，连回去一下都劳累着你了？"

强实在是有苦难言。村里人都知道他官做大了，可谁知道他只不过是机关里最小的那个官，虽说任命了副主任科员，却只是解决个待遇，并没有当上那名副其实的副科长。但在乡亲们眼里，他就是和乡里副乡长一个级别的人物了。所以有了大事小事，能请他出席并带个小轿车回来，那就是最大的荣耀。尽管故土难离，强却不敢或者说不能经常回去，因为那铮明瓦亮的小轿车他不够级别配，平时能因公坐一下也就不错了，就是借，也实在不好借。

可这次，强知道，他必须回去。在那个谁都吃不饱的年代，做仓库保管员的山大爷，曾偷偷给抱在怀里的强的包脚棉裤裤筒里装过好多的玉米，尽管大冬天冰得他哇哇大哭，可那些玉米经过母亲在蒜臼里捣过熬成粥后，成了他幼年的美食。这件事，过世的母亲和父亲在他懂事后的三十多年中说过无数遍。

强赔了笑脸，跟做生意的同学借了他新买的桑塔纳，准备了厚重的礼品，一大早就匆匆赶回老家。刚一进村，山大爷叼了长长的烟袋正蹲在路边张望，他一开车门，山大爷就喊开了："强娃子，这你带的车啊？赶紧的，去那边挂个红，等会儿去接新媳妇去，你先去舀碗杂烩菜垫垫肚子。"强把东西交到账桌子登记，又上了50块钱的礼金，把车和司机交给管事的去接新媳妇，他看一眼那油腻腻的盆里捞出来的湿淋淋的碗，没有吃热气腾腾的杂烩菜，转身出了院子和相忙的邻居们拉拉闲话。

"今年的苹果怎么样？"

"别提苹果了，收的不少，卖不上价钱。"

"二狗一家都去深圳打工了，还有你隔墙的大志一家也走了，是去广州了吧？"

冬天的中午，太阳很红，可还是顶不过硬硬的风，愣是冷得钻心。强在巷子里转来转去，该说的话都说得差不多了，娶亲的庞大队伍也回来了。

强帮着把嫁妆卸了，又招呼娘家来的送客都坐好开了席，一转身却怎么也找不到司机和车了。他没有做声，出去到各个巷子里看看，都没有。强有点急了，司机是头一次来农村，要是摸迷了路那可没法给同学交代。

正当强火急火燎的时候，就听见山大爷在那边喊："强娃子，你的车给娘家舅送到上村，回来了再把你大姑送到文村。就你这一个好车，多跑几趟。"

强赶紧过去跟山大爷解释，山大爷一听就火了："永强，你耍你大爷是吧？刚接媳妇还在，这一会儿工夫就丢了？哄谁呢？赶紧让你司机去送一下客。"强头上冒出了细细的汗珠："山大爷，司机和车真找不着了。"山大爷俩眼都绿了："狗强，和你大爷耍哩？我一辈子就求你这一回！"

强忙掏出手机给同学打电话，问司机手机号码，同学手机还关机，他头上有热气冒出来，一缕一缕盘旋着上升。他只好硬着头皮过去跟山大爷赔不是："山大爷，司机我真找不到了，您老看要不让别的车先送着？"

山大爷连看都没正眼看他，只从牙缝里挤出来一句话："兔崽子强，你忘了本了！"

强从早上出家门，一口饭也没吃上，又饿着肚子走了十多里土路、坐上公共汽车摇晃了近三个小时才回到家。一进门，父亲黑着脸就骂开了："你山大爷电话都跟我说了，你小子是真忘了本了，小时候的粮食还不如喂了狗，那狗还会汪汪两声，喂了你个东西怎么就没个声响呢？"

强正要跟父亲辩解几句，电话又响了，是他同学，还没等他发火，那边的炮就先开了："王永强，下回你说破大天那车都不能借给你了，你看看都划成什么样了？车门、引擎盖上全是小孩刀子划的道，我这崭新的车！重新喷漆的钱是你掏还是我掏啊？"

强一屁股坐到沙发上，一个字都吐不出来，只有大口大口地出气。

夜色如此美丽

日子是如此丰富多彩，注定了一些人也是丰富多彩的。这些人，行走在生活的风口浪尖上，让普通百姓总是敬而生畏，羡慕之余心里还有点恨恨的。

王齐是我同学，高中时一个班上了一年半，突然就转走了。王齐转走那年，还很平凡，学习一般，长相一般，脾气一般，基本属于老师同学不怎么能想起来的那一类。王齐转哪儿去了，没人关心，为什么转走，也没人关心。学习像一座沉重的大山，压得人喘不过气来，只怕稍一松懈，别人就把自己上大学的名额挤了，自己就得回家修一辈子地球——事实上也的确如此。

老天还算公平，让我跌跌撞撞地挤进了大学校门，所以后来才有理由在城市工作，日晒不到，雨淋不到。想想都后怕，如果，如果那时候打个盹，这时候已经修了十来年地球了，那该是多么痛苦的一件事。

王齐第一次来找我，我没认出来。听见有人敲办公室的门，我扭头看到一个比较宽厚的黑色轮廓，不熟悉。

你找谁？

找你。不认识我了吧？

来的就是王齐。我真的认不出来，才不过七八年时间，王齐变化太大了，大得不可思议，漂亮了，胖了。

王齐来找我借钱。她说来市里办事，钱丢了，回不去。

时间上有点错乱，我得慢慢理清楚。

她的经历也简单，三言两语就说清楚了。那年她父亲工作调动，她转到了咸阳，蹲了一级，轰轰烈烈谈了场恋爱，差点被学校开除，然后很自然地落榜，进父亲的矿上做一名工人。然后就是结婚、离婚，再详细的过程也就不能细问了。

这样时间就接上了，从她转学接到现在。说现在，她钱丢了，要借钱，似乎没有不借的理由啊。王齐说她早知道我在这里上班的，早就想来找我的。

王齐比以前上学时候话多了，吧嗒吧嗒不停，脸上笑容灿烂，也很持久，像长在脸上。她说她在金矿做化验员。

第二次见王齐，在街上，距离第一次见她有很长一段时间了。王齐正在买衣服，我还是没能一眼认出她来。黑背心，桃红大外套，印花瘦腿裤，胖还是胖，却清爽利索。她拍了我一下：呀呀，怎么这么巧？就说去找你呢，还你钱啊。

王齐非拉着我去吃饭，说要表示感谢。吃饭，其实是我吃她看，四个菜，我要了米饭，她只喝水，白水。她说不能再吃了，该减肥了。她喝了一口水：就是喝水我也会长膘的。

原来，她在市里买了房子。一个人，还带着孩子，真是了不得。王齐说：我兼职给私人金矿做化验，他们给钱大方。

这些我不懂，我也不需要懂。金矿在遥远的秦岭山里，金子在银行的保险柜里，我在城市的一家饭店里，仅有的链接点也就是王齐。

后来，见到王齐的次数就多了，她经常给我打电话，说她回来了，说一起吃饭吧。

吃饭也就是聊天，聊女人的话题，比如衣服鞋子手提包，或者家长里短，鸡毛蒜皮。王齐不喜欢说她在矿上的事，她说：无聊透顶。

我没有见过王齐的孩子，她说在外地一家私立学校上学，一个月才回来一次。我知道那家学校，做过很多广告，收费很是惊人。贵族学校么，不贵怎么能和其他族分开？

看看，同样是同学，人家还没上过大学，随随便便就把生活弄得风生水起，怎么能不让人羡慕，羡慕之余心里怎么能不恨恨的？不过是恨自己，恨世事没有章法。

那天晚上，她又叫我吃饭，然后说去喝咖啡。要一壶炭烧，不加奶不加糖，苦啊，还有点酸。我咧着嘴，跟咽药似的喝下去一口，她点上了一支烟。

说实话，我很讨厌女人抽烟，总感觉那是很颓废很自暴自弃的。可王齐抽烟的样子，我看呆了：烟雾从她嘴里袅袅地喷出来，在脸前犹豫一下，然后轻轻升起，升起。烟夹在食指和中指的指根，五根手指头直直地伸着，胖胖的身体靠在宽大的沙发上，姿态雍容懒散，嘴角微微上翘，真是美不胜收。

以前没见过你抽烟。我说。

以前人面前我不抽的。你知道吧，女人抽烟有两种情况，一是抽给别人看，一是抽给自己看。以前，我喜欢抽给自己看，所有的事都抽进肚子里，然后化成烟吐出来，烟散了，什么都没有了。

现在呢？

现在，我还是抽给自己看。

回来的时候，我们缓缓地走在马路上，踢踏踢踏，王齐说：瞧这夜色，多美。

我抬头看看天空，透过梧桐浓密的枝丫，我看到一弯细月如钩，天空是清朗的，月色也很清朗。

重要的和不重要的

那段日子我很烦，烦恼这东西往往很琐碎，不能说得清楚，总之和一个女人有关。我和她怎么认识的并不重要，重要的是我们的情感在手机短信、邮件、QQ 的催生下，一天天升温，我天天心急火燎地想着如何能见到她。我们都故意忽略了一个问题，那就是我们都老大不小了，有合法的配偶和亲生的孩子，可这又有什么关系呢？

王秀云来找我的时候，我依然在苦思冥想，如何才能找一个稳妥的理由，完成那个奔赴"第三地"的完美计划呢？这是目前最重要的。

王秀云站在我办公桌旁边，像水池里一朵安静的睡莲，那种美，是隐藏在骨子里的静美。她说她是我们单位病退的老职工，想找人事科帮下忙，把档案里的一份 1977 年的材料抽出来。我很果断地拒绝了她的请求，档案可不是玩的，我作为新上任的人事科长，必须坚持组织原则。

王秀云看起来很失望，她站了一会儿，看我似乎一直在忙。我的确很忙，我着急想打电话，想着那个遥远的她。于是王秀云转身走了。

过了大概半个多月，我成功地实施了"第三地"计划，在异地将我和她的美丽情感升到了最高温，心里的得意和满足自是无法言说。我正在回味着美妙的细节，差点要笑出声来的时候，王秀云又来了，还是说她档案的事，我为她打断我的回味颇不悦。她说这份档案对她来说很重要，压了她三十多年了，她一个快入土的人了，得干干净净地走。

我看看王秀云，依然睡莲一样静美，从哪里都看不出她有病，有即将入土的迹象。我摆摆手，不行，没有通融的余地。王秀云又很失望地走了，我似乎听见她迈步转身的一刹那，那一声轻轻的叹息。

为着这一声叹息，我对她说的档案发生了兴趣，究竟是一份什么样的档案，让她这么执着呢？我从五百多份职工档案中，找出了薄薄的王秀云。黄的纸、白的纸、绿的纸，大小不一，字迹模糊的、清晰的，一页页纸记录了王秀云的过去。我仿佛窥探了一个人的隐私，有着隐秘的快乐。一直翻到最后一页，才找到她说的 1977 年的那份材料，是关于开除王秀云公职的通知。文件说王秀云在举国悲痛的日子里，置全国人民的感情于不顾，勾引有妇之夫，道德败坏，遭到全单位职工的唾弃，予以开除。落款是 1977 年 2 月。王秀云的档案从这里戛然而止，再没有任何记录。从档案年龄来看，那年她才二十三岁，时间已经过去了整整三十三年。

我问单位的老职工，知道王秀云吗？回答是知道。1977 年，她都干什么了？回答的第一个版本是，她和同科室的老张（已经去世好几年了）关系暧昧，让老张的老婆抓住了，告到单位领导那里了；第二个版本是她和老张加班，有人说他们搞不正当关系，并告诉了领导；第三个版本是她和老张其实没什么，是单位领导吃不到葡萄给她制造了"绯闻"；还有第四个、第五个版本，很多。想想，三十三年前的事谁能说得清楚呢？至于她后来又是怎么重新上了班，又办了病退就更没人能说清楚了。可无论如何，王秀云后来一直没嫁人，孤身一人到现在却是真的。

王秀云再来，我就劝她，那份档案对她来说已经不重要了，那件事过去了三十多年，也不重要了，她已经办病退了，没人会再翻看她的档案，把旧事重提。王秀云说，不行，这份档案对她很重要，是压在她心口上的一块石头，她死都不能瞑目。看在她苦苦哀求的眼神上，我只好答应帮她去给领导说说。

我还没来得及给领导请示是不是可以通融一下，把王秀云的那份档案抽出来，我这里出了点很重要的问题，就把王秀云的事搁下了。我和那个她拜拜了，她说她喜欢上了别人，给我的理由就这么一句话，然后便人间蒸发了。还没经过一春一秋，我的"美丽情感"就这样宣告结束，结束得干干净净，不留一丝痕迹。

等我慢慢从着急上火中调整过来，已经是两个月过去了。我突然接到了办公室通知，说退休职工王秀云因癌症晚期昨天晚上去世了，要我们人事科参与安排后事。我这才想起来，我答应她的事还没办。

我去向领导请示，是不是可以把那份档案抽出来，领导说啥取不取的，人去世以后户口注销了，档案是不是也要销毁？我说是。领导说，这不就结了，档案都要销毁了，还在乎这一份材料？一起销毁不就完了。

可我知道，在最后销毁一个亡人的档案材料前，还要再用一次，有关人员要查看档案写悼词。

最终，我还是自作主张抽出了王秀云那份1977年的材料，烧了。看着淡黄的火焰一点一点熄灭，我在心里一遍一遍地说，对不起，对不起。

自己的事

    论辈分，我应该叫他周叔的。小时候，村里很多孩子都叫他傻子周。

    刚懂事的时候，我对周叔没一点好感。母亲说，我很小的时候，她抱我出去，穿了红布的裹脚棉裤，周叔说要是他的孩子，他可不舍得让穿这么旧的衣服。

    等我可以取笑周叔的时候，我们这一帮半大孩子见了他就喊傻子周。他歪斜着半个身子，头也狠狠地歪过去，扬起大巴掌，却没有在我们身上落下。我们大笑着跑远了，他也呵呵笑笑，走远了。

    周叔干活很卖力气，谁家有了红白事、盖房子，总乐意叫他，他也乐意去帮忙，这样可以吃上一顿两顿好的。有盖房子的，过沙和水泥的活总是他的，有结婚娶媳妇的，搬桌子的活也是他的。

    周叔会打柱子。那几年，盖房子的多，用土垒墙，会打柱子的人就特别受欢迎。一根半米长的木头，前端一块碗口大的圆铁疙瘩，后端一个手柄，两手紧握了，抡起来，双手过头，柱子头贴着心窝，打下去，一个溜光坚实的圆窝，一个贴一个，一排一排打过去，虚土打实了，墙就结实。周叔一身的力气，脸憋通红，柱子抡老高，通通通过来，通通通过去。

    周叔肩上扛了柱子在村里过来过去，村里的房子就越盖越多，可他依然住在窑洞里，安生地和梅婶，有些残疾、名叫需要的儿子过日子。

周叔和梅婶喜欢听戏。到了晚上，累了一天的周叔在院子里扔一片破席，一家人躺在上面，拧开收音机，听蒲剧，听豫剧，听秦腔，听眉户，听到高兴处，他还会咿咿呀呀来上两嗓子。

梅婶腿不方便，走路有些跛，做活也不利索。出门赶集，去镇上教堂做礼拜，周叔和梅婶总是一起，走一路，巴巴巴说一路。

有人说：瞧这俩人，穷乐和。

他们不在意，依然该乐和就乐和，倒比平常的夫妻看着更恩爱许多。

需要长到十几岁还只有五六岁的孩子那么高，额头早早有了皱纹，总流口水，一到冬天，衣服前襟上明光瓦亮的。

需要，吃饭了——

需要，回家了——

村里经常传来周叔和梅婶叫需要的声音，一会儿就看见需要从哪个角落里出来，颠了瘦小的身子一拧一拧回家了。

可能是受周叔影响吧，需要也喜欢听戏唱戏，但他本来说话就不清楚，唱戏呜哩哇啦更不清楚，调倒是对的，没唱几句，口水出来了，在嘴角拖老长老长。

一家人的日子不好过，到周叔的父亲、母亲先后去世就更不好过。房子住父亲先前盖的，他们自己种点粮食，周叔的弟弟接济点零花钱，勉强可以维持生活。又几年，周叔的弟弟出车祸死了，只有弟媳妇偶尔给他们点钱。

再看周叔和梅婶，他们似乎也没什么难过的。周叔总是笑呵呵的，梅婶和需要也笑呵呵的，什么时候都笑呵呵，一家人没心没肺的样子。

有一年，需要去看戏，跟着戏班子走了。后来找到了戏班子唱戏的那个村，却没找到需要，到现在也没找到。村里人说，大概早就没了吧。

周叔和梅婶还是老样子，依然喜欢赶集，几乎每个集日都要去转转看看，也不买啥，大清早去，傍黑才回来，凑热闹。

前一段时间，我和哥回老家。正准备走时，看见周叔歪了半拉身子，歪歪斜斜从场院那头过来。本来很大的场院上不知谁盖了猪圈，大概有猪出栏，一辆奔马三轮车上装了满满一车肥猪，准备拉走，几个人挤在一起算账。

周叔老远看见是我们的车，急急地招手。车停下，车窗外尘土飞扬，周叔站在尘土里，给哥说：最近出了一件大事。

原来是梅婶让车给撞了。他们去赶集，梅婶腿不方便，不小心一辆汽车过来，撞了她，腿骨折了。

哥问要紧不，周叔说不要紧，打上石膏了。

周叔脸依然通红，和很多年以前没多少变化，只是胡子花白了，头和脖子更歪斜，鞋永远也提不上，在脚后跟那儿趿拉着。

哥问要不要帮忙，他呵呵一笑：不用，状子我都写好了，准备跟车主打官司，他们赔钱太少，不够手术费。周叔原本是识字的，后来好像还自学过法律。

聊了一会儿，我们走了。回头看周叔还站在那儿招手，一脸灿烂的笑容。

幸福和快乐原本是自己的事，只要周叔自己觉得开心、快乐，我们也就不用为着他的苦难忧虑了。

拔去白发做你的妻

人生正在得意处，他忽然失去了亲爱的妻。

长长的伤心和怀念过后，他注定要再找个女人继续生活。谁来接替妻的位置就成了他周围所有人关心的问题，也成了几个女人特别关注的问题，其中包括林芝和马艳艳。

林芝是他的大学同学，俩人曾经隐约生出过些许情感，可谁也没捅破那层窗户纸。最后他娶了现已过世的妻，林芝嫁做商人妇，商人重利也重色，林芝一气之下搬出别墅，成了单飞的孤雁。同学们说："现在，你们俩正合适。"林芝的心里也清楚，他是个好男人，错过他，也许会错过自己一生的幸福。

马艳艳是他的部下，人长得漂亮，事业上一点儿也不含糊，可对爱情要求甚高，过了三十仍待字闺中，肥肥瘦瘦地挑拣着和被挑拣着。他的条件对马艳艳来说，是再合适不过，何况马艳艳早就对他有着一点意思。局里的同事也说："马艳艳和他是多么般配的一对！"

单位开会。他坐在台上，马艳艳坐在台下，他低头抬头间灯光一闪，马艳艳就看见他耳边的几根白发，白亮亮地晃着，晃得马艳艳心里乱乱的。

散了会，马艳艳跟进他办公室："你耳边有几根白发，刚开会在下面看特明显。"

他说："是吗，最近忙，没注意呢。"接着他感叹一声："老了……"

马艳艳说："才不老，也不怎么明显，你去理发店染染。"

他笑笑说："谢谢，我回头去。"

头发还没来得及染，几个老同学打电话说聚会，主要是想给他和林芝制造机会。吃完饭，同学们都找个借口各自走了，只剩下他和林芝。

下午的阳光透过玻璃窗，暖得醉心。他和林芝坐在咖啡厅，悠闲地喝着咖啡，散淡地说着话，老同学，旧往事，还有淘气的孩子，说到会心处，俩人相视一笑。

他用手随意地在耳边抚了一下，说："同事说我有白头发了，是真的吗？我突然感觉自己好像老了。"

林芝轻轻附过身子，抬头仔细看了看说："是有几根，不过不太明显。"

杯底只剩下一抹褐色，他看着林芝笑笑，林芝看看他笑笑，一同起身离去。

后来，他的白发依然长在耳边，马艳艳看见就催他："去染染吧，看起来很扎眼。"似乎那几根白发长进了她心里。他知道马艳艳关心他，爱着他。他说："没空呢，回头去。"

其实他是在等着一双手。

两个月后，他悄悄地举办了第二次婚礼，林芝成了他幸福的妻。马艳艳听说后，把自己扔在酒吧，醉成一摊烂泥，眼泪一颗又一颗滴在酒杯里。她不知道自己到底输在哪里，心犹不甘，可又无可奈何。

温和的灯光笼罩着温馨的家，他头上的几根白发已经没有了踪迹。饭桌上，林芝问他："你怎么会选择我？马艳艳比我年轻，也比我漂亮。"

他看着林芝说："记得那天我们一起喝咖啡时，看见我的白发，我问你有什么想法，你当时说：'我特想把白发给你拔了。'"

林芝说："是啊，其实当时都想动手给你拔了，不过不好意思。"

他笑："当你想给一个人拔去白发，说明你在心里已经把他当成了自己最亲的亲人，夫妻就是最亲的亲人。"

林芝给他来一筷子菜，眼圈红红地说："吃吧。"

不能拥抱你

上午接到老班长的电话，下午安子就打电话来：叶儿，我希望你去参加同学会。李红叶一手掂着湿漉漉的菜，一手拿着电话，正在犹豫是去还是不去，安子说：就这样，一定去啊。然后啪嗒挂了电话。

离聚会还有几天，李红叶开始天天琢磨同学聚会的事。穿什么衣服合适，头发是盘起来还是再拉拉直，鞋子配什么好，这些琐碎闹得她心神不安，最主要还是因为安子。两年的卿卿我我，最终劳燕分飞，坚实的感情抵不过距离，痛哭过一场，说好不再见面，可十年后，还是要相见。这中间想念的成分多还是惧怕的成分多，她自己也说不清楚。

因为当年李红叶先提出分手，说她忍受不了两地的寂寞和孤独，而且先于安子成了家，所以她总感觉自己欠了安子的。

火车缓缓离开她的城市，李红叶感觉自己慢慢脱离了熟悉的现在，一步步走回过去，她向着窗外流动的田野微笑：欠安子的，这次还给他，无论他要什么。

同学见面，自然是高呼、拥抱，互相打量，说着胖瘦变化。李红叶悄悄朝四周看看，发现安子独自坐在大厅的一个角落，正笑眯眯地看她。她过去跟他打招呼，她想如果他像其他女同学那样拥抱她，她就还他一个亲密的拥抱，当年他们的恋爱故事全系都知道。

李红叶问他：你早来了？

昨天到的。安子没有拥抱的表示，也没有那样的意图。他指指身边的椅子说：坐下歇会儿，一路上挺累的吧？

李红叶感觉有些失望，她只好坐下，认真看看安子。除了胡子比以前密了，肚子比以前大了，似乎看不出有什么变化。安子认真地看着李红叶说：比以前瘦了，有一种成熟的美。

晚上照例是喝酒，酒一喝，就有人哭。开始是女同学哭，趴在身边的同学肩上哭，后来就乱了，你拉我我拉你，跳舞的三摇一晃，有些以前关系就很亲近的男女同学，几乎是相互抱在一起晃，说着醉话，伤感的情绪被渲染到了极点。忽然有人喊：让耀眼的灯光死掉，让十年前的我们重生。

本来就朦胧的灯一下全灭了，坐在安子身边的李红叶的心也一下加快了跳动。黑暗中，也许一个时刻就要到来了，她竟然有些期待。

安子俯在她耳边：喝醉了么？若没有，我们出去走走好吗？

李红叶等安子来拉她的手，拉她一起穿过黑暗，越过一个又一个尽情释放情绪的同学。可等了好大一会儿，安子也没拉她，连碰她一下也没有，她听到拉动椅子的声音，安子已经出去了。李红叶磕磕绊绊地摸到门口，差点撞到一个摇晃的男同学怀里。一出门，就见安子在门口站着等她。

她跟着安子在宾馆楼后的小路上慢慢走着。月光如水，小虫呢喃，眼前的一切如诗如画，一如十年前他们约会时一样。李红叶看着走在她身边的安子，渴望着被他温情地拥抱。可安子好像一点也没有了当年的冲动，只絮絮地问着李红叶十年来的情况，工作的、生活的……走到一个小潭边，李红叶说脚累，安子坐下来陪她。他们静静地品味着风声水声，李红叶一直看着安子，安子也看着她，可眼与眼中，已是完全不同的内容。

夜深了，李红叶说走吧，安子过来伸出手：我拉你起来。

李红叶眼中闪过一丝亮晶晶的光，她低首一笑，伸出了一只手。

安子握着李红叶的手，只轻轻用了一些力，他说：十年后，握你的手已是我最大的满足。

　　李红叶等着他接着说下去，或者拉她起来时顺势拥她入怀。可是没有，安子说完，拉李红叶起来，他便松了手。

　　李红叶瞪安子一眼：你就不想抱抱我吗？

　　安子给了李红叶一个背身：想，但我不能。李红叶看见安子的手已经握成了拳头，紧紧地。她擦擦将要流出的泪，对安子说：我们走吧。

　　第二天早上，醉酒的同学们醒过来，一个个又恢复了本来模样，好像昨夜什么都没有发生过。

蔷薇的样子

在见到他之前，王小倩真的不认识蔷薇。

王小倩是个固执的人，她总是一厢情愿地把那种或简单或繁复的花朵叫做玫瑰。在她的记忆深处，隔开两条窄窄的巷子，有一座幽静的院子，院子里的一家人很少出门，即使说话也是轻声细气。那座院子里有两株旺盛的玫瑰，每到春天，浓郁的香气从院子里飘出来，王小倩就趴在院门的缝隙上，长久地看那些密匝匝满树的花朵。她的愿望很小，只要一朵，可以插在旧的罐头瓶里。

王小倩以为，那样美丽的花，只能叫玫瑰。直到有一天，在青岛的时候，一个人站在她背后说：傻子，那是蔷薇。

那个人是旅行社的导游，姓黎，大家都喊他黎导，可王小倩更喜欢喊他黎。"傻子"两个字是黎的口头禅，每当他准备对一个人开口说什么之前，他就会说：傻子，是这样的……

王小倩当时正站在一溜石墙前，那株硕大的蔷薇从墙的高处一泻而下，肉粉的花朵密麻麻挂了一墙。王小倩不由地惊呼：好漂亮的玫瑰。她让黎帮她照相。

听黎叫她傻子，说那是蔷薇，王小倩吃了一惊。难道她一直都认错了？就好像看错了一个人，死心塌地地想跟他过一辈子的光景，却突然发

少年梦·青春梦·中国梦——中国故事
[非　鱼] 追风的人

现，一切都错得很离谱。

王小倩有点不知所措，站在葳蕤的蔷薇下，她的动作僵硬迟滞。黎按下了快门。

他端着照相机，让王小倩看照相机里的她：白的背心，牛仔裤，光洁的脑门，犹疑的眼睛，衬着旧的石墙，艳的蔷薇，使她看起来知性而洒脱。

一切似乎顺理成章，如同蔚蓝色的海水，有来处，有去处。沿着长长的街道，黎和王小倩走在队伍的最后，他告诉她蔷薇和玫瑰的区别，和月季的区别，王小倩轻轻点着头。其实，走在干净的街道上，对王小倩来说，蔷薇究竟是什么样子已经不重要，重要的是她需要这样的温情，需要脱离人群的窃窃私语，更何况黎还是个有趣而不难看的男孩。

很快，团里的人就发现了他们的不正常。大家在车上开着不荤不素的玩笑，有意无意地把他们俩朝一起拉。黎笑，王小倩也笑，他们不急不怒不辩，似乎更给了大家他们默认的口实。

时间过得真快，快乐的感觉刚从王小倩的心底冒出来，却已经到了分别的时候。黎只是青岛本地旅行社的地陪。

站在汽车的旁边，四目相对，除了微笑，他们什么都不能做，也不能说。彼此拥有的除了记忆，就是一个电话号码。

回到家，王小倩觉得很有必要认真地研究一下蔷薇到底是什么样子。她先从百度百科里找，百度图片里找，谷歌里找，然后问她学林业的同学。

当她得知郊区的植物园有一片野蔷薇时，她不止一次一个人跑去，站在那些细碎的小花朵间，呆呆地看。粉红淡黄胭脂红的小花朵，香味细而悠长，那些尖利的小刺爬满花茎，好几次差点扎伤了她的手。

偶尔路过一个老院子，几枝白的蔷薇伸出墙外，王小倩久久地站住，看一阵风来，有单薄的花瓣轻轻飘落。

王小倩以为，她已经掌握了有关蔷薇的一切，能够很容易地分清蔷薇和玫瑰的区别，和月季的区别。她给黎打电话，她觉得应该让他知道，关于蔷薇，还有其他。

黎的声音轻而遥远，就好像飞在天上一样。王小倩问知道她是谁吗？黎说：知道。那个把蔷薇当玫瑰的女子。

王小倩顿时沉默。隔着遥远的山山水水，她觉得一切刹那间近起来，近得就在一抬手间。

她问黎：你好吗？

黎说：我很好。

王小倩以为黎会再说些什么，可他什么也没说。

长长的沉默之后，她挂了电话。

再给他电话，是两个月以后了，王小倩觉得还应该问问黎蔷薇的花语，尽管她知道。

电话一直无人接听。反复打，终于有一个女人的声音，苍老衰弱。她问：谁啊？

王小倩不知道该怎么介绍自己，她迟疑了一下，问：黎呢？

女人说：你是那个分不清蔷薇和玫瑰的丫头吧？我是黎的妈妈。他已经走了。

走了？

走了。尿毒症。

就好像被人点了穴，王小倩坐在电脑前一动不动，整整一天，她一直盯着电脑上的那一行字：蔷薇代表着爱和思念。

她在心底一遍一遍地呼喊：黎，我已经认得蔷薇的样子了，可你，又在哪里？

夜色迷茫

阿瓦城的夜晚很美。

但在田小看来，这样的妖娆和温情四溢，有点可气，可厌，甚至可恨。

周围的一切越温暖，田小就越觉得冷。他迈着两条细瘦的腿，不停地走，从大街到小巷，从中午到下午，从黄昏到晚上。

本来，田小是有目的的。他的目的就是找一份工作，什么都行，他不会挑剔的。兜里最后的 5 块钱花出去后，田小已经没有任何挑选的余地。可到后来，田小就没有目的了，他的脑子昏昏的，脚步绵软无力，但他又不能停下来。

田小来到一座立交桥下，他实在太累了，他想靠着桥墩歇会儿。

桥下有很多人，影影绰绰来回晃。

田小闭上眼睛，他觉得眼皮僵硬，快合不拢了。

好舒服啊，背后的桥墩就好像一个温暖的肩膀，田小不由得伸长了腿，头向后靠过去。

他隐约听见有许多人在说话，但声音都很小，好像秘密接头的地下党。头上、远处有沉闷的车声，迅速地过来过去。这一切和田小都没有关系，他需要休息，需要尽快补充力气，需要有人出钱来买他的力气。以他的智慧，在这个乱哄哄的城市里，他想不出更多的办法。

迷迷糊糊中，田小觉得有人在他周围走动，他下意识地抱紧怀里的背包。那是他唯一的家当，里面有换洗的衣服，刷牙的缸子，还有一双半新的球鞋。

有人拍他的肩膀：哥们，哪伙的？

田小警觉地睁开眼，一个清瘦的男孩蹲在他身边，头发根根直立，跟刺猬一样，脖子上挂着一根长长的吊坠。田小说：什么哪伙的？

那个男孩鼻子里哼一声：喊。谁让你来的？

田小说：没人让我来。

一声巨响就在这时爆发。那个男孩身体一跳，嗓子里涩涩地嘎了一声，立刻朝着发出巨响的方向跑过去。田小只看到他的两条长腿，还有身后甩来甩去的衬衫。

吆喝声，吼叫声，噼啪叮当的声音，从昏暗中传来。田小年轻的神经被激发了，饥饿的血管暴张，他把背包挂在一个肩上，兴奋地朝那个昏暗的地方跑去。

有人在打架，很多人。长的短的，铁的木的，棍子到处在飞舞。田小看到刚才跟他说话的那个男孩也在，他手里多了一根一米多长的木棒，正凶狠地朝另一个人的背上抡。正当他准备抡第二下的时候，他哇地怪叫一声，扔了棒子，左手捂着右肩蹲了下去。有人从背后袭击了他。

田小看呆了。他有些兴奋，还有些害怕。他不知道这些和他年龄差不多——甚至比他还要小的孩子为什么会打起来，而且出手这么狠。

那个蹲下去的男孩头上又挨了几下，他腾出一只手护着后脑勺。看着他可怜的样子，田小莫名其妙地跑过去拉着他的胳膊，想把他朝一边拉。谁知田小一拉，那个男孩子整个身体都朝他身上倒去，田小不得不使出更多的力量来扶着他，让他靠着一个桥墩。

警笛突然响起。刚刚还打在一处的人群刹那安静下来，没有人再喊叫，他们扔了手里的东西，风一样四散奔跑。田小听见有人在喊：站住，不许跑。

他不会跑，他想跑也跑不动。刚刚被激发出来的一点力气，此刻又消失得无影无踪。

就在他扭回头看着那些四下奔跑的人影时，那个刚刚还有气无力的男孩，突然站起来，像被施了法术一样，飞快地从他身边跑走了。

迷迷糊糊的田小被带走了。他的身上手上都是血，他解释不清楚。

更让田小解释不清楚的，是他的背包里的两小包东西。他不知道那是什么，也不知道什么时候谁放的。他猜大概是那个男孩，可他不知道那个男孩叫什么，除了清瘦的脸，还有一根长长的挂坠，其他的他一无所知。

田小告诉警察，他刚来阿瓦城没几天。他是来打工的。他在大桥下只是想歇会儿。

警察说：在没有调查清楚前，你得待在这里。

警察告诉田小，那些东西是白粉。那群打架的孩子，他们的目的就是为了这个。

田小不知道白粉是什么，他也不想知道。他只想知道他什么时候可以离开，可以继续再去找工作。他饿，非常饿，他已经快一天没有吃东西了。

他小声哀求，能不能给他点吃的。

警察看了看他，过了一会儿，拿来一碗方便面。

滚烫的开水冲进碗里，田小的心里快高兴疯了。他等不及蜷曲的面饼泡开，就端起碗狼吞虎咽。

田小觉得，这个夜晚，太奇怪了，跟演电影一样，离奇惊险。

但是，他还是挺高兴的，毕竟他现在已经不饿了，力气又一点一点回来了。

于是，他开始翻来覆去地想那个刺猬一样的男孩，心情很复杂。一会儿是恨，一会儿是感激，一会儿又是迷惑。

以父亲的名义

看到那个孩子，李胜利突然心灰意冷，觉得一切都失去了意义，包括活着，包括苦心追求了很多年的一切的一切。

那个孩子躺在病床上，手里拿一本漫画书，看得正投入。

李胜利走近些，看到了他脸上灿烂的笑容，还有入神的表情，他有些辛酸。

刚才在院子里，孩子的父亲说：十二年前，他九个月的时候住过一次院，除了那次输过一袋血，再没有输过血了。

李胜利的心几乎要缩成一块坚硬的石头。就是十二年前的那次输血，在一个九个月大的孩子身体里种下了可恶的病毒，十二年后，侵蚀了他体内的各个免疫系统，把他打倒在病床上。他本来应该在教室里读书的，在操场上疯跑着打篮球的。

李胜利不知道该说什么，他本来是来做相关调查的。凡是感染了这个病的人，都要做这个调查，可见到这个十二岁的孩子，李胜利突然心情异常糟糕，什么都不想做，不想问，不想说。这个孩子比李胜利的儿子只大六天。

那个孩子看到了李胜利。他住院的这几天，不断有不认识的人来看他，抽血做化验，叫他父亲出去。

他放下手里的漫画：叔叔，今天还抽血吗？

李胜利说：不抽了，以后也不会再抽了。你怕疼？

他有些羞涩地说：不是怕疼。

李胜利没见过这个孩子以前的模样，不知道他以前是不是像他的儿子那样结实，可现在，他是瘦弱的，苍白的。瘦弱和苍白让这个孩子看起来很安静。

李胜利说：好好养病，明天我再来看你。李胜利转身出了病房，他怕再待下去，他会哭出来，他不是个脆弱的人，可他也没那么坚强。

人面对疾病的无能为力让李胜利很沮丧，一天一天地努力工作，究竟有什么真正的意义呢？如果连一个孩子也保护不了，他还能做什么？

孩子的父亲跟出来了，在李胜利身后小心翼翼地问：李大夫，我儿子还可以活多久？

李胜利说：好好加强营养，七八年没问题的。其实，根本不可能这么久，半年？三个月？李胜利不敢说，他不忍心让这位和他一样的父亲顷刻间陷入绝望。

第二天，李胜利又来了，他只是想看看这个孩子，顺便把昨天没有做的相关调查做完。

叔叔，你是专门研究艾滋病的吗？看到李胜利进来，那个孩子突然问他。

我不是研究艾滋病的，我只是做相关的预防工作。你怎么突然问这个？

他们说我得了艾滋病。

谁说的？

孩子指了指门外，李胜利不知道他说的他们是谁，也许是这个医院的医生，或者是其他病号。这些他们真是残酷，给一个孩子说这些干什么？李胜利有些气愤。

李胜利努力让自己的表情和语气轻松起来：你相信叔叔吗？

昨天那个在病床上看漫画书，有着阳光一样灿烂笑容的孩子突然关闭了所有的表情，他说：我知道艾滋病，老师讲过的，我的病很像。

李胜利拉过孩子的手，小手冰凉，他把这双小手握在手心里，轻轻暖着：我家里也有一个和你一样大的小弟弟，他上初一，学习没你好，很淘气，他也喜欢看漫画，还喜欢打篮球。你喜欢打篮球吗？

喜欢，可现在有病，我不能打了。

生病了就要好好治病，等你病好了，我让小弟弟和你一起打篮球。

好啊，好啊。可是，我想，我究竟是不是艾滋病？

相信叔叔。我以一个父亲的名义发誓，你不是。

真的？孩子的眼里闪耀着希望的光芒。

真的。你可以不相信叔叔，但你应该相信一个父亲，我儿子和你一样大。

那个孩子笑了，苍白的脸上有了绯红的颜色，除了高兴，他好像还有点害羞。

田小的姐姐

是办公室的女人喊田小进去的。

今天分给田小的活是砸墙。办公楼装修，先砸后垒再抹平，田小做的是第一道工序，也是最没有技术含量的那道。砸累了，坐在走廊歇会儿，旁边那间办公室的女人出来喊他：这里有几件工作服，看你能不能用。

田小之前见过这个女人，穿着高跟鞋，走路声音很脆很响。从她办公室门口过来过去，她一般都端着脖子坐在电脑前，有时候慢慢地敲键盘，有时候放音乐。

她手里拎了一套深蓝色的西装，还有一件白色的短袖衬衣。她正在整理房间，地上已经扔了一大堆旧报纸、杂志、文件，还有干花、废胶卷、撕破的照片。田小接过衣服看看，都是新的。她说：可以给你家里人穿，质量很好的。田小笑笑接过来，说：谢谢。

田小把衣服拿到走廊，又仔细看看，他觉得可以让他妈过年的时候穿。

那个女人又在喊田小，说不介意的话她还有两个旧茶杯、一包拆开的奶粉他可以拿去，她紧接着补充：刚拆开的，没有过期。田小后来从那间屋子里又拿走了一个小相框，一个手电筒。

田小说：有什么需要搬的东西，我帮你。她说：谢谢你啊，有搬家公司来干。

收破烂的四川人从田小身边跨过去，背后背着一个长长的大口袋。田小听到他和那个女人在讲价钱，四川人说：不用称了，这一堆给你50块钱，只多不少。

田小就在这时走进去，他说：不行，太少了。四川人看田小的打扮，就知道他和自己一样都是外来的民工，他瞪田小一眼：你懂么子？不要瞎讲撒。

田小说：哪里有瞎讲，报纸四毛钱一斤的，你称称到底有多少。

四川人眼睛瞪得溜圆，他大概从没遇到过这种情况，小民工居然帮外人讲话。他没法称，他上楼的时候压根就没拿秤，这座楼上办公室里的破烂都是他收的，从没有称过，就今天邪了。

他冲女人说：你说，好多钱嘛？

女人看看田小，又看看那一堆旧书报，她也不知道那一堆有多重，该说多少钱合适。田小说：最少一百。

四川人不干了，装出要走的样子：一百？卖给你算了撒。

女人说：别走啊，少给点赶紧弄走。

田小说：七十，不能再少。

四川人勉强同意了七十这个价钱，朝袋子里装着书，嘴里还不停嘟嘟囔囔。田小仿佛帮了女人的大忙，忘了自己砸墙的活，看着四川人嘿嘿笑着，露出白的牙齿。

意外是那天晚上发生的。小个子的四川人和一群老乡在路边打扑克牌，田小正好从旁边经过，四川人想起白白损失的20块钱心里就难过，看到田小手里拎着一瓶啤酒边走边喝，他觉得田小这个河南崽吃里爬外，多管闲事。他扔了手里的扑克牌，冲到田小跟前就是一拳，由于个子太低，他的拳头打在田小的下巴上，也没发上力。

田小吓了一跳，等看清楚是那个四川人时，他又嘿嘿笑起来：没骗成着急了？

四川人为那一拳没发上力有点恼火，田小笑嘻嘻的样子更激怒了他，他低下光光的脑袋，朝田小猛撞过去，田小手里的啤酒瓶掉在地上，干瘦的身子被四川人撞出去几步远，肋骨撞得生疼。他抬起手，抓住四川人的耳朵，把他的头拧向一边，四川人双手乱舞，双脚不停乱踢。

看热闹的人很快围成一圈，除了嬉笑和叫好，没有人帮忙动手，四川人的老乡也不敢去帮忙，他们知道附近工地上住着很多河南人。

巡警来的时候，田小还拧着四川人的耳朵转圈。巡警问他们怎么回事，四川人嘟嘟囔囔说不清楚，田小冲巡警笑笑：没事，没事，我们俩玩呢。

田小知道，如果被巡警带走，他们俩谁也不会有好果子吃。四川人似乎也明白过来，是他先动手打田小的，他忙朝巡警点点头：是嘞，是嘞，我们两个在耍撒。

巡警看看他们身上没有伤，也像是老实人，训了他们几句，走了。

四川人看警察走远了，冲田小呸一口唾沫：就你多管闲事。

田小又嘿嘿笑起来：谁让你蒙人家。

你狗拿耗子，人家城里人有的是钱，哪里在乎这一点呦。

在乎不在乎你也不能蒙人家。

四川人气急了：你是不是看人家长得好看？人家是城里人，你屁都闻不着一个。

田小不笑了，脸涨通红，憋半天才说：她是我姐。

四川人呵呵呵呵笑起来：你龟儿子也配让人家当姐。做梦你。

田小没再搭理得意的四川人，默默地走了。其实，他从早上就觉得那个女人像他大姐，长得像，说话的亲切劲儿也像，要不怎么对他那么好呢？但他不想说，说了他们也不明白。

季　节

你无法用正常的目光来衡量他。

他疯了。所有人都这么说。

叫索里的这个人，站在桥上。他真的想跳下去，只要轻轻抬一抬腿，他就可以完成一个漂亮的飞跃，随着桥下滚滚的黄河水，脱离这个城市，到遥远的地方去。那么一切就都结束了。

但他没有。索里知道大家怎么议论他。

曾经，索里在这个城市是个风云人物，他和他的企业以迅猛的速度壮大，收购一个又一个小企业，电视里、报纸上，到处有关于他的消息。

好端端的一个企业，坏在一个女人和一个朋友的手里。

女人是索里的财务总监，朋友是索里一起打江山的朋友。他们一起从索家坡考上大学出来，一起毕业分配到这个城市。索里辞职开始创业不久，正好朋友也被所在企业裁员，一顿地摊上畅饮后，索里豪迈地说：来我的公司，有我一口饭，就有你半口。于是，两个人抱头哭在一起。

一切都很好。索里做董事长，朋友是总经理，朋友介绍来的女人，已经成为财务总监。索里说：公司里最放心的就是他们两个了。

但很突然，那个早上朋友没来上班，女人也没来上班。索里着急上火，谁也找不到，索里以为他们出差了，可一打电话，都关机。问各自的家里，都说昨天就没回家，不知道去哪儿了。

熬到第二天，索里让财务人员打开保险柜，里面空空的，备用的现金一分也没了，急忙去银行查账户，账户上的流动资金三天前已经全部转走，转到一个陌生的账户上。

索里瘫坐在椅子上，傻了。他怎么也没想到，背后的这一刀来得这么凌厉，这么凶猛。

警方的调查工作在进行，可索里的公司因为资金周转不开陷入僵局，生产停了，工人放假了，索里一下被彻底打垮了。辛辛苦苦经营了快十年的大厦，轰然倒塌。

索里变成了行尸走肉。除了吃饭睡觉，他不说话，坐在椅子上一动不动。谁也不知道他的心里，早已经碎裂成片，成沫，成灰。

就这样过了三个月。同样是很意外的一个早晨，索里家人打开门，门外跪着那个朋友。家人抓着朋友就打，扇耳光，脚踢，怎么也不解恨。索里却出来了，说：住手，别打了。

朋友泪流满面，抱着索里的腿说：哥啊，我不是人。你杀我剐我我都不说一句话。

索里摸了摸朋友的头，叹了口气，说：进屋吧。

朋友不停地扇自己耳光，说自己鬼迷心窍了，听信了那个女人的鬼话，结果跑出去后又被那个女人甩了，他回来找索里请罪。

索里听朋友说完，拍拍他的肩膀：回来就好，回来就好。

索里原谅了朋友。郁结的心结解开了，索里又活过来了，他说他要重振企业，他开始四处想办法，找银行贷款，找朋友拆借，尽快恢复企业生产。索里对朋友说：你要愿意，还回公司上班吧。朋友说：只要哥信任我。

所有人都反对索里的决定，说索里疯了。但索里说：他是我一起长大的朋友啊。朋友错了，我得给他改正的机会，要不他这个人就完了。

在索里和朋友的努力下，公司很快就恢复了生产，虽然效益大不如以前，但也是慢慢朝好的方向发展。

意外又一次发生了。

朋友卷了公司花大价钱买来的专利技术的所有资料，再一次失踪了。

这时索里才彻底明白，朋友回来是项庄舞剑，意在沛公啊！眼泪和下跪，居然都是编造出来的虚伪的表演，他和那个女人也许在外边早已开始打造自己的企业了。

大家说：翻遍中国也要把这对狗男女找出来。索里摆摆手：算了，交给警察去处理吧。

索里说：先给大家放假吧，我歇歇再说。

这个人疯掉了。认识他的人都这么说。索里清楚，他心里疯了。

索里几乎天天来到这座桥上，看不停歇的黄河水，看翻滚的浪花。家人以为他想不开，要跟着他。他说：放心，我不会死，我死了你们怎么办啊？

秋天过去了，冬天过去了，春天到来的时候，索里对家人说：好了，我们再重新开始吧。

人们欣喜地发现，那个雄心勃勃的索里又回来了。当然，朋友和那个女人也被警察从一个小县城找到了，受到了应得的惩罚，给索里追回了一部分资金。

后来，提及那件事，索里总是淡然一笑：你们有没有注意过季节变换？从秋天出发，会越走越寒，而我们从冬天出发，却会越走越暖。

过　程

　　如果没有突如其来的转折，谁也想象不出李胜利会把日子过成什么样子。

　　年轻那会儿，李胜利是打算好好过日子的，也是下了决心多赚点钱，早点买个大房子，对刘丽好点，让她做个幸福女人的。他也这么做了，只是打了点折扣。钱没赚多少，房子换了个不大不小的，对刘丽也没刘丽想要的那么好，日子随随便便就过了七八年。

　　然后，李胜利突然间放松了。像憋着一口气，猛地被人挠了脚心，一下瘫软下来，提不起精神，对什么都无所谓了。肉体上放松，只是多长几十斤肉，可精神上一放松问题就大了，李胜利对别的女人产生了兴趣。别的女人，不是一个人，是很多，单位的同事，高中的同学，网上不知道年龄的，李胜利对她们都好，张开博大的胸怀，甜言蜜语地喜欢着，腻腻歪歪暧昧着。

　　人的精力总是有限的，李胜利顾不上刘丽了，他忽略了身边睡的这个女人的一切。足足有一年多时间，李胜利不给刘丽一分钱，懒得和她说话，就好像她是一团空气，根本不存在。

　　为了孩子，刘丽忍了又忍，还是忍不下去，开始和李胜利吵、闹、打。李胜利一头栽在温柔乡里，根本不在乎刘丽的愤怒，只要刘丽一开口，李胜利拉开门就走。

刘丽说：离婚！李胜利吓了一跳，他没想过要离婚的。他只是贪玩而已，在外边多玩了会儿，玩过了头，回家晚点，难道就不让进家门了？刘丽不听李胜利的混账逻辑，贪玩就让你玩够。李胜利嘟嘟嚷嚷地辩解：这是人的本能。

他们俩还没吵出个眉目，刘丽却生病了。开始是胸闷，咳嗽，喘气困难，李胜利以为刘丽骗他，带理不带理地，还继续出去疯玩。直到有天晚上，刘丽在她身边大口大口喘气，夹杂着急促的咳嗽，怕人的声音吓了李胜利一跳，他忙坐起来推刘丽：醒醒，哎，醒醒。

刘丽没吭声，伸出手抓住了李胜利的胳膊，整个手像要嵌进李胜利的肉里，死命地抓着。李胜利打开灯，看到了刘丽变形的脸。

李胜利害怕了，他突然感觉到刘丽是不是要死了？

在医院折腾了半夜，第二天早上，刘丽平静了下来，李胜利坐在病床边打瞌睡。刘丽推推他：你回家去睡吧，我没事了。李胜利一愣怔清醒过来：不回了，眯瞪一会儿就行。

李胜利去找医生，问刘丽的检查结果出来没。急诊科医生说不能确诊，得让肿瘤科医生看看胸片。李胜利再不懂医，一听肿瘤科也明白个大概：不会吧？医生低声说：我只是怀疑。

结果出来了，经过几个专家会诊，是肺癌。

如同半夜走路冷不丁后脑勺挨了一棍子，李胜利蒙了。可他只蒙了一会儿，抽了几支烟就明白过来。他去找医生，请求他们不要给刘丽转到肿瘤科，要她住普通病房，要大家对刘丽保密。

医生明白李胜利的意思，这种情况他们经历多了，一般也会建议家属对病人保密。医生告诉刘丽，她得了胸膜炎。

刘丽笑了：还好不是别的病，胸膜炎应该好治。李胜利连连点头：就是，就是。

每天医院打出的收费清单，李胜利要亲自去取，不让护士送，每天给刘丽输的各种药，李胜利要先过目检查，把该撕的标签撕掉，该换的换掉。医生、护士很认真地配合着李胜利，谎话编得非常圆满。

病情稳定了，刘丽回到家。李胜利把家里与医学有关的书全藏了起来，电脑设置了密码，电话线也给拔了。李胜利对刘丽说：坏了，我没工夫修，等有空吧。他给认识刘丽的人打电话：刘丽得了胸膜炎，你们不要打扰她，不要来看她。

于是，刘丽被妥帖地隔离起来，心安理得地养着她的病。隔一段时间去做化疗，李胜利陪着她，继续在普通病房住着。

刘丽看李胜利忙前忙后，恨恨地对李胜利说：这是你欠我的。等我病好了，还得离婚。

李胜利咧嘴一笑：行，等你病好了，咱们就办手续。

背过刘丽，李胜利哭了。哭够了，他擦擦脸：这是我欠她的。

蜀葵的夏天

蜀葵是一个女子。

蜀葵在夏天喜欢穿人字拖、背宽大的单肩背包，穿纯棉或亚麻的衣裙，喜欢把长长的头发披散着，把一张干净的脸遮挡得只剩下窄窄的一溜儿。

蜀葵不爱说话，路上碰到认识的人，她嘴角轻轻一扬，算是打过招呼。很多时候，蜀葵眼皮低垂，看着脚步的前方，或者落叶，或者爬虫，或者什么也不看。独来独往的日子久了，她变得像墙外的一棵树，被隔离在归属之外，孤傲地活。

工作之内，蜀葵是个护士，眼科住院部的护士。工作之外，没有人知道蜀葵在做些什么。

医院里年轻的男医生很多，喜欢蜀葵的也有，试探过几次，蜀葵似乎没有回响，于是打了退堂鼓，另行开张了。

夏天来临时，蜀葵在病房里看到了他。他是打篮球时撞了眼睛，左眼视网膜脱落。刚做完手术，医嘱要趴着，任何时候，让眼睛和地面垂直。这实在太难为他了，白天还好说，他可以坐在床前，用一个靠垫抵住前额，安静地趴一会儿，可一到晚上，瞌睡来了，他就想仰面躺着。

蜀葵来查房，看见他仰面躺着，就生气。生气也不喊不嚷，而是叹口气，走到他的床边，轻声说：不趴眼睛什么时候能好呢？

趴。他翻过身来，痛苦地趴着，毫无办法地趴着。

蜀葵值班的时候，最主要的工作就是给做过手术和即将做手术的病人点眼药水，轻轻扯起上眼睑，把药水准确地滴进去。住院时间长了，很多病人自己都可以滴眼药水，他不行，要么把药水滴到脸上，要么伸手就想拉下眼睑，他的眼药水只好由护士来完成。

蜀葵给他滴眼药水的时候，他总是牢牢地盯着她的脸，连摁压也要她帮他。这带点撒娇意味的请求，蜀葵可以拒绝，但她还是笑笑，帮他摁压着眼角。

长时间趴着，他的眼睛严重变形，连那只好的眼睛也肿起很高，如同两只即将成熟的桃子。对着墙上的镜子，他大呼小叫，哇呀呀踩了蛇一样。蜀葵跑进来，看到他不过是在照镜子，不过是对自己的眼睛吃惊，她在他背后说：暂时的，慢慢就好了。

他转过身，抓住她窄小的肩膀：会好吗？要不我就惨了，毁容了。

蜀葵点点头：当然会好。

回到护士值班室，蜀葵觉得肩膀疼，被他用力抓过的酸疼。

他的眼睛一天天好起来，和蜀葵聊天的时间也一天天多起来。没事的时候，他趴在护士站的台子上，看蜀葵核对医嘱，然后去发药、量体温。跟着蜀葵回到病房，他老老实实躺着，看蜀葵在他身边忙来忙去。

病房少人的时候，他告诉蜀葵：你很特别，我有点喜欢你了。

蜀葵装作生气，不搭理他。再来，他还说。次数多了，蜀葵的心思就活泛了：真的是这样吗？从没有人这样直接地告诉过她，她不知道是该相信他的话，还是只当一个玩笑。

犹疑之间，他要出院了。蜀葵当班，给他办理出院手续。蜀葵久久地盯着出院单上的名字，郝一，多简单啊。他依旧趴在护士站的台子上，手里是送给蜀葵的礼物——一个茶杯。他说：既然没有希望，那就留点念想。

郝一走了。白的茶杯印着一朵紫红的大丽花，杯子里泡着绿茶，这样强烈的色彩对比，让蜀葵觉得难过。

　　小城的夏天很短暂，几场雨后，就是长长的秋天。蜀葵最喜欢秋天，天高云淡之下，是大块大块的金黄、橙黄、褐黄，让人迷醉。蜀葵努力让自己忘记那个叫郝一的病号，毕竟铁打的医院流水的病人，她每天都会遇到很多痛苦中的人，无法辨别物体和颜色的人。

　　偶尔的回忆里，蜀葵会想到郝一说过的话，还有他有些天真的表情。想起一次，蜀葵的心里就有一次隐隐的快乐和忧伤。毕竟，说喜欢她的人太少了。曾经的那些医生们，他们太隐晦了，总不能像面对病人那样直截了当。他们不知道，蜀葵的孤傲之下，是真的胆怯，不能确认，也不敢确认。她需要有人明白地告诉她，来指引她如何去做。

　　短暂的空闲里，蜀葵会端一杯热茶，站在窗前，看秋雨缠绵，看黄叶如蝶飞舞，天渐渐有些冷了。蜀葵想，也许，可以给郝一打个电话，问问他的眼睛，或者聊点别的。

四季永远是四季

他无法掩饰对于那些久埋于地下的根系的占有欲，和近乎于痴狂的爱好。

偌大的仓库，堆满了用白布包起来的各种树木的根系。它们盘根错节，繁复纠缠，或许它们什么也不是，但在他的眼里，它们会幻化成各种精美绝伦的图画，使这些死去的树木，再生。

当有人打电话给他，说发现宝贝时，他立即飞了过去。

新疆。那个辨别不出树种的根系真的令他欣喜若狂，那是罕见的阴沉木，通体乌黑，根系彼此纠结，有些地方碳化剥落，形成参差错落的纹理。直径近十米，粗粗细细的主根、副根有几百条。

对方开出的价码，他一口答应。他没有理由拒绝，强烈的爱让他只想尽快地把它运回去，安放在自己的仓库里，那样他才觉得踏实。

在他多年的收藏过程中，他还没有见过如此美妙的阴沉木树根。

费尽周折，他把属于他的那块巨大的树根运回仓库，腾出中心的位置，给它。

清理完沙土尘埃，他远远近近地欣赏这块乌黑的木头。他的脑子里闪现出无数个画面，敦煌飞天，虬龙入水，百鸟朝凤……他摇摇头，又一一将这些画面过滤掉。

他是一个根雕大师。经他的手变腐朽为神奇的根系不计其数，但面对这块巨大的阴沉木，他有点乱了阵脚。他第一次觉得无所适从，不能自由地发挥想象，各种图案在脑子里变得凌乱破碎。

着了魔一样，他绕着这块阴沉木一圈一圈地转，或者端坐在它的面前，长久地盯着它。他在和它对抗，和自己的内心对抗。如果做不到藐视它，他就无法随意地处置它，无法让它在他的手下得到新生。

一天又一天，他与它对视，用各种办法说服自己，让自己只把它看作一块普通的树根，一块腐朽的木头。

他做到了。

当它的每一条根系，每一处纹理都深深地印在他的脑海里时，他终于找到了最适合它的图案。

他把它倒立，从最根部开始，如同一个外科医生，小心翼翼地划上了第一刀。很轻，很轻。

从白昼到黑夜，他所有的时间都属于它。他沉醉在与它一起重生的兴奋中不能自拔。

碳化剥落的参差的木茬，成为一朵朵盛开的、含苞待放的牡丹，花瓣重叠繁复，细微的经脉毕现；一处凹陷处，颜色阴暗黑沉，成为一株残荷，衰败凋零，荷叶枯萎蜷曲，飘落在水面，孤单绝望……

整整两年过去了，除了吃饭和睡觉，雕刻刀几乎没有离开过他的手，他无法把自己与它分离，他甚至觉得自己已经化作它的一部分，与它一起慢慢生长。

当最后一刀划过，一片小小的叶子破土而出时，这件巨大的作品完成了。他扔了手里的雕刻刀，一屁股坐在地上，紧闭双眼，再不能动弹。

那块原本在地下待了几千年的阴沉木得到了新的生命，他给予她一个全新的名字：四季。

听说他的作品完成，很多人前来参观。他们只想见识一下这位雕刻大师倾心打造的杰作，当然不乏蠢蠢欲动要收购的商人。

白色的布幔缓缓拉开，人们不约而同发出一个声音，惊呼。他们从没有见过如此磅礴而精妙的根雕，也从没有见过颜色如此自然和谐的阴沉木。

大家向他祝贺，祝贺他又一件伟大的作品诞生。他们说这必将成为他雕刻生涯中的巅峰之作。溢美之词充斥着他的耳朵，他的幸福和喜悦已经快要冲破胸膛，奔涌而出。

欲收购的商人们开出的价码，更让他欣喜若狂：是他之前买树根的十几倍，足以让他在以后的日子里衣食无忧，想做任何自己想做的事。他犹豫不定。

人群逐渐散去，四季独立于他面前。

他伸出手去，想摸一摸自己花费了两年时间的作品，可他突然又收回了手。他仰望她的庞大，她的美，她的精致，却不敢再触摸她。

如同刚刚买回来的树根一样，四季同样有着巨大的震撼力。

他知道，她是他创造出来的，但她却不属于他。

四季永远是四季。他依然征服不了她，除了热爱和敬畏，他别无选择。

初冬的夜

秋冬的交替特别明显。

一夜风，一场雨，或者几片雪，秋与冬就匆匆完成了交换，把沦陷在长长忧伤里的人凝固起来，只是冷。

节子像那个年代的红卫兵一样，狂热地斗了一整天地主，输输赢赢，来来去去，终于把自己由一个包身工斗成了中农。节子扔了鼠标，长出一口气，这才感觉手脚冰凉，肚子里跟他的一间小屋一样冰凉空荡。

不知道是第几次被老板一脚踢开。最开始节子还记得数，记到后来就记糊涂了，反正十三和十四都没有区别了。节子不是没资本，本科学历，又有工作经验，待人还算真诚，可这个年代，除了人多，其他什么都不多，节子要想在这个陌生的城市养活自己，还是困难重重。

向南，三百八十公里处，就是节子的家。父亲种地，母亲依然种地，一个妹妹正在读初中，全家人都在遥远的三百八十公里外，期待节子拿钱回来，期待节子让这个家扬眉吐气，让父母把腰直起来歇歇。节子也想让父母把腰一直挺起来，可是，可是……

节子穿上厚厚的棉袄，戴上围巾，包裹得严严实实，他不知道即将来临的夜晚，他会在街上游荡多长时间。

夜市里星星点点的灯光闪烁着，卖拉面的锅热气腾腾，小炒锅下火苗蹿出老高，铁勺和铁锅敲出一连串的叮叮当当，还有一连串不歇气的吆喝，很亲切，很暖和。

节子挑一个兰州拉面摊子坐下，要一碗中宽素拉面，加一勺辣椒，一点醋，呼噜呼噜吃得浑身冒汗。

"小伙子，慢点吃。"浑身上下哪里都厚厚实实的老板娘俩脸蛋红扑扑的，给节子端来一碗面汤。

节子笑笑。

"你是大学生吧，我儿子也是，在西安，大三了。"

节子又笑笑。心说，还是读书好啊，永远不毕业该多好，可以永远不用不停地找工作，不停地游荡。在这个城市，节子就像无根的风，刮过来，刮过去。

下雨了，细，又疏，夹杂着零星的小雪花。节子把手揣在裤兜里，开始他风一样的游荡，没有任何目的，就是到处走。

有人从一溜高高的台阶上下来，不是高跟鞋的声音，是三个点的节奏，脚步外加一副拐杖，很脆地敲着。

节子停下，看着斜斜的暗影慢慢移动，敲击声近了，更近。

突然，一声很闷的响声过后，接着一声尖叫。很显然，那是一个女孩的叫声，是她摔倒了。难怪，细雨夹着雪，台阶上又湿又滑。

节子跑过去，先找到了拐杖，递给那个侧卧在台阶上的女孩，然后伸出手："把你的手给我。"节子想拉她起来。

"不，谢谢你。我自己可以。"

节子把手又揣回兜里，也不走，看着她。他是想如果不行，他还可以帮她，反正他左右是没事。

她把拐杖先在下一层的台阶上放好，想靠拐杖把自己的身体撑起来，可拐杖小小的头又是斜在台阶上，稍一用力，便滑了出去。试了好几次，都不能成功。

节子走过去，再次伸出手："把你的手给我。"

"不，不需要。"也许因了节子刚才的观看，也许因了反复试过几次的不成功，她的声音里明显有了怒气。

节子感到委屈，他没有别的意思，只是想帮她而已。节子的脚狠狠朝台阶上踢了一下，转过身朝台阶下走。这时，他听到了背后身体和台阶摩擦的声音，还有拐杖在台阶上磕碰的声音。一阵忙碌的声音过后，是女孩的声音："我总得靠自己站起来，如果下次没有你怎么办？"

节子扭回头，女孩已经站了起来，正低了头朝他微笑。

节子忙说："没关系。"

她很慢很慢地移下台阶，节子没再伸出手，一直站在原地看她一阶一阶走近他，又一阶一阶走下去，拐上宽阔的马路，慢慢走远了。

看她一点一点走远，节子忽然感觉像在夜市上刚吃过拉面时一样，在初冬冷冷的夜里又温暖起来。

有一个孩子叫豆豆

眼科的病人都很奇怪，我是说他们的表情。不是眼皮肿着，就是眼睛眯着，看人看东西的时候，他们往往会斜着脑袋甚至半个身子，或者整张脸都在用力，包括眉毛、鼻子、嘴巴，但豆豆是个例外。

大姐因为视网膜脱落住在六号病房，各项检查都做完了，单等周末北京的专家来进行手术。

点完眼药水，大姐坐在床边和我聊天，突然，一个孩子咣当推开门跑了进来。是一个小男孩，他淘气地笑着，眼睛又大又亮。

豆豆，别跑。他身后跟着一个头发花白的老太太，一身灰旧的衣服，手里拿着一个黄色的旧洋瓷碗。

他一直跑到大姐床边才停住脚步，瞪着一双明亮的大眼睛看看我，又看看大姐。

老太太过来拉住他的胳膊：豆豆，跑错了，咱住在那边。这是六号。

一听老太太说话，大姐问：你是灵宝的？老太太说：是哩，我屋在老城。她也听出了大姐的灵宝口音，她问：你是哪儿的？大姐说：我在阳店。

在市里，同一个县就是老乡了。老太太把那个空洋瓷碗放在大姐床边的小桌上，一扭身坐在床上，和大姐像老熟人一样聊起来，互相问候病情。

住院的是那个叫豆豆的孩子，老太太的孙子，他们已经是第二次来了。豆豆和村里小孩子疯玩，一个孩子不小心把一根树枝戳进了他的眼睛，第一次手术后效果不明显，医生说等专家来要再进行一次手术。

我说：看不出来他眼睛有问题啊。

老太太说：视力不行。

站在一边的豆豆突然插嘴说：你看，我都看不清你的脸。他把一只手放在自己眼前，来回晃着，像要辨别那是几个手指头一样。

我和大姐都被他的样子逗笑了。我从柜子里拿出两瓶奶和几个橘子递给他，他接了，脆生生的声音很乖巧地说：谢谢阿姨。

从那以后，豆豆每天都会来大姐的病房玩，有时候转一圈，有时候站在大姐床边拿手机听歌。我问他几岁，他伸出一只手，我说：五岁？他摇摇头，又伸出另一只手的食指，我说：六岁？他咧嘴笑了：阿姨，你真聪明。

豆豆的手术和大姐在同一天，都在下午。那天早上，豆豆跑过来对我说：阿姨，我给你说，做完手术要趴着，趴着可难受了。我问他：你趴过吗？他说：趴过，就是上次没趴好，才要再做一回。我问他：疼吗？他说：疼。他认真的样子一点儿也不像六岁的孩子。

大姐和豆豆先后走出手术室，护士长跟进病房一再交代要趴着，晚上睡觉也要趴着，让眼睛和地面保持垂直，否则没有效果。

手术完当天晚上，也许是因为麻醉药的作用，大姐还不觉得难受，第二天她就受不了了。她说头疼，眼睛涨得难受。大姐原本是个坚强的人，她说难受，肯定不是一般的难受。她一会儿趴在床上，一会儿坐起来趴在膝盖上，不停地折腾。那只没做手术的眼睛因为长时间趴着也肿起老高，眼皮耷拉着，样子很吓人。她抱怨说：早知道这么受罪，还不如就那样看不见。

过了几天，大姐感觉稍好点，我去隔壁看豆豆。

豆豆正撅着屁股趴在床上，他爸爸和奶奶坐在床边，沉默着。我喊：

豆豆。他依然趴着，头也不抬说：阿姨，看我乖不乖？

我说：乖，豆豆趴得这么好，眼睛肯定好得快。

豆豆说：趴得好眼睛才能快点好。好了我妈妈就回来了。

我这才意识到，除了他的爷爷奶奶和爸爸，我从没见过豆豆的妈妈。

我问他：你妈妈呢？

豆豆说：我奶奶说我妈不要我了。我上次住院我姥爷还给我送过300块钱，肯定是我妈给他让他给我的，她不会不要我。都是我眼睛不好，妈妈才不回来的。

我看见豆豆奶奶在抹眼泪，不敢再多问。豆豆一直乖乖地趴着，只偶尔拧拧屁股换换腿。

中午在水房碰到豆豆奶奶，她说，儿子和媳妇离婚三年了，豆豆住院叫她回来，她说在外面打工回不来，就寄了300块钱。

豆豆拆线了，他一拆线就跑到大姐病房喊：阿姨，阿姨，我拆线了。

他的眼皮有些肿，大眼睛里还充着血。我说：祝贺你啊，豆豆。

他把头一扬，很神气地说：医生表扬我了，说我这次趴得特别好。

我说：豆豆真棒。

他说：过几天我就出院了，眼睛好了我妈妈就该回来了。

我和大姐不知道该说什么，除了给他拿吃的东西，我们不知道还能做什么。这个充满信心、眼睛明亮的孩子，将如何接受他妈妈不再回来的现实？

豆豆要出院了，他拉着奶奶的手和我们告别。他表情很严肃，像个医生一样对大姐说：阿姨，你回去还要好好趴啊，那样才能好得快。好了妈妈才能回来。

最后一句，豆豆好像是对自己说的。

保卫聂红星

聂红星站在墙角，一下一下踢着土墙，不一会儿土墙就被他踢出一个小小的坑。他的黑布鞋上都是土，鞋后跟在脚下压着，裤腿太短，露出一溜乌黑粗糙的脚脖。

班主任聂小勤是才高中毕业到小学校教书的小伙子，年轻，管理这些孩子没有章法，除了敲脑袋，就是罚站。

聂红星的脑袋快被聂小勤敲破了。聂小勤两个指头弯起来，在聂红星的光头上凿，咣咣咣，一次下去三个，很有节奏感。聂红星没喊疼，聂小勤的手指头疼。聂小勤说：靠墙站着。聂红星就站着，并很快给自己找到站着的乐趣，先是用手抠墙，然后用脚踢，好像墙是聂小勤似的。

聂小勤在屋里不停地转圈，他的招数用完了，他要想出更好的办法来制服这个聂红星。

上世纪七十年代前后出生的孩子，尤其是男孩子，叫红卫、红兵、红星的特别多。一个班里喊一声，往往会站起来好几个。村里大多又是一个姓，以聂姓居多，聂小勤他们班叫聂红星的就三个，唯有这一个聂红星，让他头疼。

刚开学第一次点名，叫聂红星，三个人都答应，聂小勤说：一个一个来。他让他们站起来比比个子高低，高的叫大红星，低的叫小红星，不高不矮的叫聂红星。这个聂红星个子最矮，就是小红星。

小红星不干。聂小勤喊坐下，那两个都坐下了，他还站着：我叫聂红星，我不叫小红星。

聂小勤说：不行，三个聂红星呢。你就叫小红星。

聂红星不吭声，也不坐下，瞪着聂小勤瞪了一节课，也站了一节课。再上课，聂红星还是站着，一直到放学。

放学路上，一群孩子跟着聂红星，齐声喊：小红星，小红星。

聂红星不吭声，闷着头在前面走，后面的喊声越来越大，人越来越多的时候，聂红星突然一转身，手里的一块石头飞出去，飞进正兴高采烈的人群，一个孩子的头开花了。

那群孩子一下散了，捂着屁股上的书包飞奔回家，留下脑袋开花的孩子哭天喊地号叫。聂红星跟没事似的拍拍手回家了。

刚端上饭碗，脑袋开花的孩子被家长领着来找聂红星，要他赔孩子的脑袋，赔医药费，赔损失费。聂红星他爹说了半天好话，把人劝走，转身一脚踢飞了聂红星手里的饭碗，摁在地上一顿揍。聂红星不哭也不叫，好像打的不是他，他爹打够了说：你有种。

从那儿以后，村里的孩子没人再敢把聂红星叫小红星了。聂小勤是老师，小红星是他定的，他要继续叫，否则这三个聂红星在班里太乱，分不清。

聂红星不管这一套。点名叫小红星，他不答应，叫聂红星，俩都答应。聂小勤说：小红星你不要再答应了。聂红星说：我叫聂红星。这样的回答往往换来的是站一节课或者站半天，聂红星似乎很能接受站着上课，却不能接受别人喊他小红星。

乡里组织听课评比，教育组来人听每个老师讲一节课。轮到聂小勤，他准备了又准备，把所有能想到的问题都想到了，唯独忘了聂红星。

课上到三分之一，聂小勤提问。他叫了一个女同学，女同学可能太紧张了，站起来一脸茫然地看着他，不知道说什么，聂红星就在这时举起了手，他忙说：好，小红星你说。

聂红星站起来先回答了问题，聂小勤说坐下，聂红星说：报告老师，我不叫小红星，我叫聂红星。班里同学哄一下笑成一团，聂红星却好像什么也没发生，站在那里等聂小勤发话。

聂红星这一搅和，班里一乱，聂小勤的思维也乱了，糊里糊涂讲完了那节课。

听课老师一走出教室，聂小勤的思维才回到了正常轨道，他对聂红星说：来我办公室。

聂小勤把最初的火气撒完，看着一脚一脚踢着墙的聂红星，他实在想不出更好的办法来对付他。聂红星个子不高，瘦弱，两只眼睛乌黑溜圆，不跟他作对的时候，他其实也是个好孩子。

对峙了半天，聂小勤过去捏着聂红星的脖子把他转过来，咬着牙说：聂红星，你到底想干吗，啊？

聂红星看着聂小勤，一脸无辜：我不想干吗，我就是想让你叫我聂红星。

班里三个聂红星呢。

我就是叫聂红星，不叫小红星。

名字只是个代号，叫什么不一样？你怎么这么犟。

可我就是叫聂红星。我爹说上学了就要有大名，大名是官称，我大名就叫聂红星。

看着面前瘦小强硬的聂红星，聂小勤心里突然有些柔弱的感动。他拍拍他的肩：你是属石头的！好，好，你叫聂红星，成了吧？

聂红星咧嘴笑了：谢谢老师。

聂红星对着聂小勤深深鞠了一躬，背着书包高兴地跑出去，瘦小的背影鸟儿一样飞远了。

立　春

没人告诉立春爱情是什么，一切都是靠自己悟。

立春八岁上学，鼻涕把袖口抹得明光发亮，硬光光能敲出声来。立春妈说：春啊，你吃鼻涕了，瞧你的鼻子根儿跟粪堆似的，你拿把铁锨打扫干净。

立春不喜欢她妈，觉得她妈偏心眼，说她妈心都长脊背上了。

因为不喜欢她妈，立春也不喜欢她妈所喜欢的，比如上学，比如纳鞋底，比如缠线纺花。

立春上学晚了一年，比别人高出半头，总在放学的队伍后面晃晃当当，加上瘦，就像深秋的玉米秆儿，萧萧瑟瑟的。

立春上学还是很积极的，她的积极只限于时间上的早。天不亮，顶着月亮翻道沟，爬老师窗户上够着教室钥匙，然后把门打开，她的任务就完成了。开始上课，她就打瞌睡，勉强不瞌睡，她也不明白老师在讲啥，她压根就没打算好好学习。

上了两个一年级、两个二年级后，立春就把三年级买下了，直到她离开学校，她还是小学三年级学历。

立春不笨，她只是跟她妈怄气，才不喜欢学习的。立春把智慧都用在跳绳、抓石子上，她把这些玩得出神入化，整个村出了名。她妈看着吸溜着鼻涕的立春在绳子上蹦来蹦去，就骂她：春啊，你旁的本事没学会，整天就知道疯。绳跳到两边的人举过头顶，立春也不看她妈一眼，嘴里念叨着马兰开花二十一，翘起长腿继续够绳子，她妈拿白眼狠狠剜一眼，扭身走了。

学上不下去了，用立春妈的话说：快把三年级教室坐塌了。立春很愉快地从学校搬回凳子，连同书包朝墙角一扔，彻底解放了。那年，她整十四岁。

不上学的日子充满了阳光，立春的聪明才智在这个时候更是发挥得淋漓尽致。她先跟人学接苹果树，把苗圃里的树苗换上接头，她一手拿切刀，一手拿塑料纸条，一切一放接着一缠，整个过程一点也不拖泥带水。不接树苗的时候，她就去砖瓦厂拉砖坯，两条细腿比谁跑得都快，拉着架子车，像风一样。

就在风一样的日子里，立春长大了，鼻涕自然是没有了，漂亮了。

那年，镇上来了几个广州的客商，嘴里呜隆着鸟语，长头发花衬衫把来往姑娘们的眼都晃晕了。

立春和她爹拉了一架子车苹果去卖，一个长头发正坐在街边抽烟，他身旁一个牌子上写：收苹果，三毛。立春把架子车拉过去，那人揭开盖在苹果上的麦秸看了看，又看了看立春，说：三毛五。

立春一听高兴得不得了，急忙和她爹朝筐子里卸苹果，那人看看立春说：帮我收苹果吧，一天给你五毛钱。

立春还没迷瞪过来，她爹先答应了：行啊，行啊。

长头发说：明天就来。

立春爹说：行啊，行啊。

第二天，立春就开始帮长头发收苹果，每天守着那块地方，还有那块牌子，一个磅秤。立春觉得坐在这里每天挣五毛钱比在家舒服多了，嘴里也开始哼着街上大喇叭里放的歌曲，有事没事拿个小镜子照来照去。

冬天到来时，收苹果的客商要回南方了，立春也跟着不见了。

村里人说：肯定是跟那些南方的人跑了。

立春妈坐在家里哭红了两只眼睛，好久不敢出门，怕邻居笑话。嘴里恶狠狠骂着立春：死女子死到外边都别回来。

时间长了，大概有两年多吧，人们慢慢把立春忘了，立春妈也开始在人前说说笑笑的时候，立春却突然回来，怀里还抱着一个孩子，男孩，七八个月大。

立春妈拿起门后的笤帚就打：死女子，你死到外边还回来干啥？不知道丢人值几个钱。

立春不还嘴，也不还手，一声不吭把身上背的包放下，把怀里的孩子安置在床上，回头朝院门口喊：进来吧。

门里进来一个小伙子，长得齐齐整整，站在院中间，不说话。

立春过去拉着小伙子的胳膊：妈，这是小文。

小文看看立春妈，犹豫了一下，还是叫了一声：妈。

立春妈鼻子里哼一声，扔了手里的笤帚，嘴里蹦出俩字：进屋。

生米煮成了熟饭，立春妈再不乐意也得接受，孩子都那么大了，她再气能把孩子气回去？立春看她妈不生气了，笑嘻嘻地说：妈，我们俩是真心相爱。

立春妈戳她一指头：爱个屁。

那个小文既不是广州人，也不是当地人，老家居然是山东的，也不知道立春是怎么爱上的。

雨　水

　　雨水并不是在雨水那天出生的，她生在深秋。

　　连绵的秋雨下了半个月，墙角长出了绿色的苔藓，地上又湿又滑，屋里的东西弥漫出浓重的霉味。

　　父亲坐在屋前闷着头抽烟，听见屋里一声嘹亮的哭声，他的脸上没有一点喜悦的表情。他说：今年雨水真多。他磕了磕烟袋，回屋转了一圈，刚生下来的丫头就有了一个名字：雨水，周雨水。

　　雨水并不在乎父母是不是喜欢她，也不在乎父亲一声接一声的叹息，还有母亲夜复夜的眼泪。她像她的两个姐姐一样，自由地成长，每一天都充满了欢欣。像一条小野狗，在村子里转来转去，觅着自己的快乐，比如一只不会飞的麻雀，比如一队行进的蚂蚁，比如几朵颜色鲜艳的野花。

　　父亲送雨水上学的时候说：混几天算了，会写自己名字就行，比睁眼瞎强。

　　可雨水一到学校，就忘了父亲的话，她没有混，而是很认真地把老师每天讲的东西学会，把老师没讲的东西也学会，她给自己找到了新的快乐。

　　小学、初中一路都上下来了，到高中，父亲说什么也不让她上了：雨水，别上了，上学又不顶饭吃，老周家祖坟上没那个脉气，不会冒出个女状元。

雨水不，她喜欢学校，喜欢老师，喜欢同学，喜欢安静和喧闹交织的气氛。雨水开始是哭，后来是绝食，抵抗了三天后，父亲终于说：上吧，上吧，看你能上出个啥景。

雨水重又愉快地上学了，坐在县重点高中的教室里，嗅着教室外白菊花的清香，她很认真地学习。

雨水不了解父亲的苦难，就好像父亲不懂得她学习的快乐一样。

三年的时间并不是一晃就过去的。父亲总说别上了吧，家里没钱。这句话像石头，天天压在雨水心里，压得她不敢有一点松懈。她给自己定了个目标：师范，就两年的师范。这样她就可以用很短的时间、花很少的钱读完大学，可以很快参加工作，可以给父亲交钱。

雨水经常会想象着那一幕：她手里捏着厚厚的一沓钱，刚发的工资，她一把拍在父亲面前，吓父亲一跳，也吓母亲一跳。每个月，都会有这么多的，都会这样拍一下。

雨水会在自己的想象里感动得流出眼泪来，她觉得那个时刻，父亲、母亲甚至包括出嫁的大姐、没出嫁的二姐，该是多么惊讶和兴奋啊，他们是不会想到雨水能挣这么多钱的。

教室外面的白菊花开了三次，雨水终于毕业了，如她所想的那样，她很顺利地被一所师范学校录取了。

通知书来那天，下着小雨。母亲养了几个月的几只小母鸡不见了，母亲站在天檐下吆喝雨水和她二姐：谁进来不关门啊，尾巴夹门缝了，啊？我那鸡都碗大了啊。

雨水和二姐不敢吭声，打了旧的黑雨伞在村里找头上抹了朱砂红的小母鸡。墙角、地边、柴垛里，邻居家的房檐下，都找过了，就是没有头上带红点的鸡。

雨水和二姐很沮丧，她们不知道母亲会怎么骂她们。这时，从乡里回来的邻居说：雨水，有你的信。

雨水看到师范学校发来的信，就知道她考上了，她拉了二姐一路踢着泥水朝家跑，一路跑，一路把通知书紧紧地捂在胸前。

妈，我考上了。

鸡呢？

妈，我考上师范了。

鸡寻着没？一个芦花，一个麻点，还有一个白翅膀带黑点的啊？

妈，我的通知书来了。

母亲好像才明白过来，考上了？好啊。我们家也出了女状元。母亲没有雨水想象的那么开心。

晚上，雨水给父亲看通知书，父亲也没有雨水想象的那么高兴。他开始没说话，一直抽烟，抽了很久，到整个屋都烟雾弥漫的时候，父亲说：好啊，我们家终于出了个状元。

女状元雨水愉快地离开家乡，在省城念大学，两年后毕业回母校教书，开始按月领工资了。

她没有像以前无数次设想的那样，把钱拍给父亲，而是很小心地把钱递给父亲，父亲拇指和食指沾着唾沫一张一张地数几遍，然后交给母亲：给，你收着。

母亲说：是该还人家的账了。

雨水看到了父亲和母亲掩饰不住的开心，也看到了过去生活的艰辛。父亲借钱时的低三下四，母亲在鸡屁股里抠钱的凶狠劲头，一下子出现在雨水的眼前。她两眼模糊，如秋季的雨水一样，滴答不停。

都是我的错

下午，爹打来电话，要我赶紧回去一趟。我跟爹说正开会呢，爹在电话里大喊："你大哥病了，医生说快瘫了，你倒是管还是不管？"

我赶紧给领导示意有急事，捂着手机跑出会议室，然后问爹到底咋回事。爹连吵带吆喝，大概说清了事情原委。我大哥颈椎增生压迫神经了，医生说需要赶紧手术，否则一两个月后脖子以下瘫痪，三两年后各器官丧失功能，人就活不成了。

我一听，急了，冲着电话喊："那赶紧做手术啊。"

爹恼了："有钱谁给你打电话啊，锛子儿没有拿啥做手术？你说得好听，要两万多呢，你大哥去哪儿弄去。"

问题就在这个"钱"上。大哥平时日子都过得跟缩水布一样，哪里都窄窄巴巴，哪还能拿出这么多钱？我紧急盘算了一下，家里存折上有将近 2 万块钱，我自己工资卡上还有 1 万多，借给哥两万应该不影响家庭生活。我跟爹说："没事，钱我来想办法，你让哥赶紧先住院吧。"

晚上回到家，我很自觉地给老婆做好饭，并主动把碗洗了，又腆着脸陪老婆看了一个多小时电视，然后才跟她说大哥病了，我把病情夸大了许多，最后才归结到钱，说我们无论如何要给大哥拿 2 万块钱。

老婆一听不干了："家里满共那点钱，都是从牙缝里抠出来的，孩子马上要上中学，都给了大哥，咱指啥过活？不行。"我一看这阵势，火了："是借，将来总要还你。"老婆尖着嗓子喊："还？猴年马月啊？平时还养活不了一家人，说得好听，指啥还你啊？"俩人丁丁咣咣吵了大半夜，都气呼呼去睡了。

我不能见死不救，那可是我一母同胞的哥啊。第二天，我不管三七二十一，黑着脸从柜子里拿出了存折。老婆丧着脸指着我说："你要真敢把钱给你哥，我就跟你离婚，这日子没法过了。"我豁出去了："你爱怎么的怎么的，随便你。"

刚从银行取钱出来，老婆打电话过来，恶狠狠地说："让你侄子打个借条，省得将来纠缠不清。"

只要同意借钱，打个条怕啥？大哥俩孩子都二十多岁了，也应该担点责任。

侄子打了个借条，钱拿走了。大哥的手术很快就做了，而且特别成功。两个月后，已经可以戴着脖套出来晒太阳了，一家人的心放下了，大哥不会瘫在床上。我也跟着高兴，尽管老婆经常嘟囔那2万块钱扔沟里了，十年二十年也还不了。

大哥病好后我再回老家，心里就有点欣欣然的感觉：毕竟是我这当兄弟的，及时拿那么钱给大哥治好了病。

谁知一进院门，爹拉着脸，看见我连问也不问，转身进了屋，把我晾在院子当中。我跟进屋："爹，你咋了？"

爹从嘴里拔下烟袋："我咋了？你给你哥看病还让俩孩子给你打借条了？"

"是啊。"

"你知道村里人咋说不？说你欺负俩孩子，给自己哥看病也打借条？你当叔的咋能这样干？"

我一下蒙了，这好好的咋成我欺负俩侄子了？我紧着给爹解释，说他们俩都过了二十多了，也该承担责任了。可爹就认准我不应该让孩子打借条，说我做事太短。

我气哄哄地出了院子，到隔壁去看看大哥，在院门口碰见侄子，他抬头看见我，连声叔也没叫，扭脸出去了。这孩子，怎么也跟大哥一样？是个闷葫芦。

　　我看见大哥坐在天檐下，忙问："大哥，最近咋样？"

　　大哥说声"三儿回来了"，朝屋里喊侄女，要她给我搬个凳子出来。侄女搬个小靠椅朝我跟前一蹾，看也没看我一眼，转身又进了屋。

　　不对，这孩子咋也这样？我叫住她："燕，叔哪儿对不住你，你拉着脸？"

　　燕说："借钱还债，你给我爸看病的钱是我们借你的，我和我哥慢慢还。"

　　我纳闷了："好好的咋说起这个了？谁说啥了？"

　　燕说："那借条不是白纸黑字？你都不念你和我爸兄弟情分，借条都打了，还说啥啊？"

　　我似乎无话可说，看看大哥，他木着脸，一句话也不说。

　　我不知道我是怎么走出大哥家的院子的。我似乎真的没脸见他们，我怎么能那么做呢？我还算是他们的叔，还算是我哥的亲兄弟吗？我要当初直接说这2万块钱不要了，或者什么也不说，那大家肯定没意见，但除了我的老婆。

　　反正都是我的错。

依 靠

年纪都不轻了，好歹也经过了十年的风吹雨打，彼此就像两扇磨盘，磨合再磨合，早已你中有我，我中有你。

但总归离老还有很大一段距离，比如八十岁，或者九十岁。

女儿出去了，沙发上的两个人突然就悠闲了，就想说说话，你看看我，我看看你，然后一齐笑。

"你瞧你，怎么突然就变成这个样子了？"她揉搓着他越来越少的头发。

"还说我，瞧你，当初娶你时八十二斤，养了十年，你才增长了五斤，太没有成就感了。"

他高大，她娇小。如果不站在一起，绝对没有人想到他们会是一家，想象力如何丰富，都不能把一米八的他和一米五几的她联系起来，可他们就是一家。

曾经也刀光剑影，吵，吵过以后是打。一般都是她先动手，指甲挠，脚踢，顺手捡起长短武器。他只是轻轻抬一抬手，就四两拨千斤，把她的招数给一一化解。然后，她哭，他笑，再然后，他哄，她继续哭。

甜蜜的时候还是多，她靠着他，很稳当，什么都不用操心。她和女儿，很心安理得地躲在他庞大的羽翼下，不知秦汉，不知魏晋。

"如果我能活到八十岁，不知道会老成什么样子?"她问他。

"肯定是一特难看的小老太太，缩成一把干骨头，头发掉光，牙齿掉光……"他还要说，她的拳头已经落在他的背上，他大笑着停止，手像钳子一样，牢牢钳住了她的两只手。

她起身去照镜子，他站在她背后看她照镜子，两张脸在镜子里叠加、分离，又叠加、又分离，像极了他们零零碎碎的日子。

手机就是在这时候响起来，快乐的吉祥三宝。她推开他，接了。

"姑夫病了，突发脑出血，妈说估计以后要一直躺在床上了。"

柔和的气氛骤然间悲伤起来。疾病，不知道从哪儿来，就那么突如其来，一点商量的余地都没有。前几天她还看见姑夫牵了小狗在散步，那么豁达开朗的一个人，事业正风生水起，说站不起来就站不起来了。

他拍拍她的肩："明天去医院看看吧。"她点头。

医院里自然是非常压抑，加之各种混合的味道，还有对生命结果的不可知，人的心情就容易沉重，也容易多思、多疑。

才走出医院，她仰着头，足足做了十几下深呼吸，似乎要把肺里的浊气全倒腾出来。她紧紧拉着他的袖口问："如果将来我也这样，可怎么办?"

他漫不经心地回答："什么怎么办，有病了治呗。"

"我是说，如果我也瘫在床上该怎么办?"

"真瘫了，那只好给你接屎接尿，我自认倒霉，天天闻臭气。你可别跟我客气，该拉你就拉，该尿你就尿。"他狡黠地笑着，她不笑。

过了一会儿，她突然又说："如果我们两个中，有一个要瘫在床上，你会选择谁?"

他想也不想："你!"

她心里凛然一惊，同林鸟，同林鸟，终究要各自飞。她赌气似的扭转身，快步朝前走，不搭理他。

他紧走几步追上她，又补了一句："如果选择谁先死，我也宁愿是你。"

"你……"她再说不上来话，只感觉浑身冰凉，如同跌入冰雪的深渊，再没有获生的余地。不争气的眼泪，一起跌落。

他伸出手，揽过她，像夹东西一样把她夹在腋下。她，那么瘦小；他，那么魁梧。

他很认真地说："如果你有了病，我还可以照顾你，还能抱得动你，给你翻身，抱你出去晒太阳，可我要是有病，你怎么能搬得动我啊？那不活活累死你？所以还是宁愿你有病，宁愿你先我而去。"

她立时无语，只抓紧了他伸过来的胳膊。

暴　走

　　某一天早晨醒来，四周一片寂静，王小倩突然觉得很害怕。周遭的所有仿佛全都消失了，如同洪水之后孤独的方舟，王小倩孤零零地泊在自己的床上，床停靠在沉默的屋里。收破烂的、擦抽油烟机的、修电饭锅的、送矿泉水的、卖酸浆的，那些天天不绝于耳的声音，约好了似的，在这个清晨，全都没有了。

　　王小倩忙给老邪打电话：干吗呢？

　　老邪呼哧呼哧地喘着粗气，他说：暴走，减肥。

　　王小倩乐了，他听着老邪紧张的呼吸声，她想到了他肚子上那坨肉，每走一步，那坨肉都会颤巍巍地晃，稍走快一点，那坨肉就晃动得厉害，好像带不动要掉下来一样。

　　老邪，你哪根筋搭错了，怎么想起暴走了？肥减了十几年，貌似越减越肥啊。

　　别打击我，正热情高涨呢。你来不来？

　　去，去。

　　得到老邪的邀请，王小倩觉得热火朝天的世界又回来了，她必须尽快投入沸腾的人群中，否则，这种窒息般的静默，真让人受不了。

　　王小倩找到老邪的时候，他在快速通道的路边站着，身边还有七八个人。老邪说：一加一暴走团，所有成员欢迎王小倩同志加入。

暴走团的成员有点奇怪，男男女女，老老少少，既有退休老工人，也有在职干部，还有老邪这样的商人，几乎每个人都代表了这座城市的一个阶层。

老邪说：走吧。

眨眼间，松松垮垮站立的几个人，腾腾腾走了，膀子甩开，脚下带风。王小倩冲老邪一咧嘴：走这么快。

老邪说：你以为？暴走暴走，不快能叫暴走。

一个小时过去，暴走团停下来休息。大家找个地方坐下，喝水，聊天，老邪趁这机会，详细给大家介绍王小倩，哪个单位的，做什么工作，住在什么位置等等。王小倩觉得老邪有点事儿妈的样儿，可当着那么多人面，她只好笑嘻嘻地点头。完了，老邪给王小倩介绍大家，比介绍王小倩更详细，估计把其单位人事档案所记录的都囊括了。介绍完了，彼此就成了熟人，同在一个组织，互相有了关心和爱护的责任，再开走，那些团员不再自顾自往前冲，照顾着王小倩的步点，速度明显慢了很多。

走回出发点，暴走团解散，团员们和王小倩一一握手告别：明天再来啊。一定再来。

王小倩对老邪说：不错啊，这暴走团还真是温暖如春。

老邪说：这就是有组织和无组织的区别，懂不？

王小倩点点头：懂了，邪老师。

王小倩正式加入了暴走团，开始每天或早或晚两小时的暴走。她喜欢的并不是走路本身，而是暴走团的那种气氛，真的是其乐融融。王小倩再也不用担心某一天早晨醒来，那种世界突然消失的感觉，因为，几乎每天，团里的某个人都会给她打电话或者发短信。

老邪说：瞧瞧，你是大家共同关心的目标。

王小倩说：那是我招人疼。

老邪捂着嘴，牙疼般乱叫：呸，谁家倒了醋缸……

王小倩确实招人疼。一天晚上，团里的莫阿姨拉住王小倩的胳膊：小倩啊，给你介绍个对象，明天去见见吧？

王小倩一愣：谁说我要找对象了？

莫阿姨目光柔软而疼惜：这孩子，你不操心我们还能不操心，你不离婚了一年多了吗。

王小倩说：谁说我离婚了？

莫阿姨说：你们单位人说的嘛，我们都知道了，正发动大家帮你呢。

额的那个神啊。王小倩闭上眼睛，心里猫抓了一样难受。她对莫阿姨说：谢谢阿姨，这个事我自己会解决的。莫阿姨拉着她的胳膊：小倩啊，一定要抓紧啊。

这以后，王小倩再去暴走，就有意无意躲着莫阿姨，好像莫阿姨冷不丁又会问她的个人问题，或者从人群中给她拉一个相亲对象来。

莫阿姨倒是真没再问，可那个经常一言不发的铁子又不对劲了。

铁子，王小倩叫他铁哥，不知道是真酷还是装酷，一般不怎么说话，走路的架势很训练有素，老邪说当过几年侦察兵。

周六晚暴走结束，老邪告诉王小倩，说有几个朋友要聚下。王小倩跟着老邪，准备上他的车，铁子叫住了王小倩。

铁子说：你知不知道老邪有老婆孩子的？

知道啊。

知道你还上他的车，大晚上的。

铁哥，这有什么不对？

我怕你误入歧途。

铁哥啊，我认识老邪二十多年了。我们一个院长大的，发小啊！

发小怎么没听你们说过？

到这儿，王小倩有点出离愤怒了，搁她以前的脾气，她非得拧着细腰，给铁哥一巴掌不可，当年跟她离婚的"老茄子"都没管这么宽过。

王小倩懒得再跟铁子解释，扭身走了，她也没上老邪的车，而是以暴走的速度逃离他们。

后来，老邪打电话给王小倩，问她怎么回事，好好的怎么不去暴走了，大家都问她怎么了，发生了什么事，给她打电话不接，发短信也不回。

王小倩说：没事，是我自己不想去了，谢谢大家关心。

远离了暴走团，王小倩又回到了一个人的自由状态，她觉得一身轻松。至于以后她还会不会再加入什么乒乓球协会、秧歌大军、拍手组、合唱团的，这不好说。

 少年梦·青春梦·中国梦——中国故事
[非 鱼] 追风的人

不 老

日子过到让人绝望的地步，又丝毫看不出绝处逢生的曙光，这才是姜一棣的伤，内伤。

谁的狗屁主意？让一群女人露出白花花的肉。姜一棣把手里的文件天女散花一样扔了一桌子，恶狠狠地瞥一眼这份文件的始作俑者——韩瑥。

韩瑥正在喝水，一枚茶叶含在嘴里，咽也不是，吐也不是，他暗暗叫苦，完了，小姑奶奶又发飙了。

按说这次比基尼小姐大赛，姜一棣的任务并不重，她只负责拍一些新闻照片，如此简单的工作，她却莫名其妙地发狂。

没有人知道，姜一棣痛恨的不是拍照，她痛恨的是拍那些年轻的身体。

作为摄影部唯一的女记者，姜一棣拍出来的片子，总有别致的角度和惊艳的色彩。她举重若轻地扛起摄影部的大旗，让韩瑥这个处长有更多的时间喝茶，搞一些无厘头的策划。

以前姜一棣偶尔发飙，韩瑥认为是老姑娘的心理出了问题。他曾发动亲戚朋友给姜一棣介绍对象，一个接一个，结果都无疾而终。韩瑥痛心疾首地说，咱不小了，没多少资本了。姜一棣扔给他一个白眼，不搭理他。

又不是嫁不出去，不至于到没人要的地步。姜一棣的自信来自唐度，一个藏在暗夜里的男人，会给她隐秘的幸福，短暂的快乐。

怎么说呢，唐度确实是个出色的男人，出色到可以让姜一棵收起所有的骄傲，把自己低到尘埃里，听从他一切的安排。她不会奢望嫁给他，她只求能把这种偷来的快乐维持得久一些，再久一些。

一双手惊醒了她的梦。慈祥的女医生按压着她的乳房、小腹，不停地问她疼不疼，她很紧张，牙齿紧闭，不想说疼，但事实是，她真的疼，尖锐的刺痛。医生在她的乳房里发现了增生，在她的肝部发现了囊肿。

尽管医生一再说，没事，都不是大问题。姜一棵却在柔和的语调里听到了惶恐。她还是个未嫁的姑娘，还要为人妻，还要生儿育女，还有无数幸福日子要过，身体怎么可以这么早就背叛了呢？

所以，当她的镜头里全是年轻、完美的身体时，她嫉妒、气愤，甚至崩溃。太讽刺了，一个个扭腰摆胯贱不兮兮地献媚，示威啊！

也许，只有唐度，才是她的药，才是她苦海里的一块糖。

她第一次主动约了唐度。面对面坐着，唐度有点焦躁不安，不停地摆弄着手机。他问她，什么事？她摇摇头，没事。

她很想告诉唐度，她的身体出了问题，她害怕，她想嫁人，想过琐碎平凡的生活。可最后，她什么也没说。

唐度关心的不是这些，她的身体是否有增生有囊肿，跟他说不着。他是她的什么？答案早就清楚明了：什么都不是。

唐度匆匆走了，身影渐渐模糊在窗外的树影里。姜一棵发现唐度的面容在脑子里竟然也含混不清，好像只是一面之缘的一个朋友，叫不上名字，说不清来历。

药，失效了，糖，还是苦涩的咖啡糖。姜一棵想哭，却哭不出来。

比基尼小姐大赛结束了，韩瑶对姜一棵说，瞧你失魂落魄的样儿，休息一下，给你十天假，回来的时候记得把魂也带回来。

背着相机，姜一棵回到了故乡。像一个孩子待在温暖的子宫里，只有回到故乡，她才安心、踏实。

游走在曾经熟悉的村庄、田野，姜一棵渐渐忘却了自己的伤，她欣喜地拍下蓬勃的生长，岁月的沉淀，当然，最重要的是要拍二娘。

二娘是村里最老的老人，快一百岁了吧，辈分太大，大人孩子都叫她二娘。姜一棣喜欢二娘脸上的皱纹，在照片里，每一条皱纹都让光线转折起伏，蕴含了无尽的岁月风尘。

走进院子的时候，二娘在阳光里坐着，依旧是黑衣黑裤，扎着雪白的袜带，似睡非睡地眯着眼睛。

听见脚步声，二娘睁开眼，手遮着阳光，瞅半天才认出是姜一棣，她说，丑女回来了。丑女是姜一棣的小名，除了二娘，已经很少有人叫了，听到这个称呼，姜一棣觉得既陌生又亲切，她握住二娘枯枝样的手说，二娘，我来看看你。

二娘嘴一扁说，都要入土的人了，阎王还不来叫。

姜一棣说，可别这么说，你身体多硬朗。

二娘说，活够了，活多头哩。

二娘真的老了。她的手在姜一棣的手里不停地哆嗦，眼睛一直在流泪，眼角被手帕擦得通红。

姜一棣调好相机，从不同角度给二娘拍了几十张照片，快门咔嚓咔嚓响着，二娘的笑容始终挂在脸上。她发现二娘去年还有的两颗牙，已经掉了，张开的嘴，婴儿一样光秃秃的。

照完了，姜一棣把相机收起来，她想和二娘说说话。

二娘说，丑女啊，人一辈子不容易。姜一棣一惊，忘却的旧伤复发，痛啊。看她不吭声，二娘接着说，可不容易也得活，好好活，我都快一百了，还没活够呐。姜一棣看着二娘苍老的脸，她知道，这句才是真的。

姜一棣说，二娘，好好活。

二娘的脸上突然露出了一丝羞怯的笑，丑女，刚才给我照的好看不？

姜一棣笑了，好看，二娘是大美女。

二娘抚摸着姜一棣的头，她感觉二娘的手就像充满了魔力，让她的新伤旧伤慢慢愈合。没有了唐度，没有了增生、囊肿，没有了年华老去的恐惧，那些千疮百孔变得光滑平整，如一池宁静的湖水，会长出水草，长出鱼。

风比远方更远

黑皮的声音踏云破月而来，穿过草原的花朵，挤过热闹的人群，沿着霓虹温暖的光，与无数个耳朵相遇，是周云蓬的《九月》。

苍凉的声音如同夜晚的一场细雨，淋湿了整个广场。流动的人群突然停下来，定格在那里，不知所措。

在黑夜来临之前，城市短暂的沉寂里，突兀的歌声让这个黄昏显得格外忧伤。作为一名流浪歌手，黑皮习惯了在陌生的城市，陌生人面前唱自己喜欢的歌。

愣住的人们渐渐清醒过来，呈扇形围拢住他和他的声音。闭着眼睛，黑皮也能感觉到周围安静的人群在听他唱歌，一首接一首，他弹拨着吉他，不停地唱。有人走了，有人来了，有人往他的琴盒里扔钱，这些似乎都和他没关系，他只是唱，唱着欢乐和忧伤。

夜渐浓。他唱最后一首歌，《我要去泰国》。腿有点累，他靠着身后的广告灯箱，低垂着头，轻轻拨弄琴弦，把这首歌唱得轻松舒缓，还带点调皮。

这时，黑皮看到了坐在地上的二泉。

当然，二泉这个名字黑皮后来才知道。他看到的二泉，标签非常鲜明，衣衫褴褛，头发过长，面目黧黑，犀利哥一样。二泉低着头，不停地在吃东西，他的腰里似乎藏着一个巨大的食品袋，里面有掏不完的东西，他一直在掏，一直在吃。

曲终人散，黑皮把琴盒外散落的硬币捡起来，清点一下，还不错，有三十多块钱，可以喝一杯了。

二泉似乎意犹未尽，他站起来，递给黑皮一个五毛的硬币。黑皮一愣，下意识朝回推了推，二泉又递过来，咧嘴一笑，龇出几颗白牙，眼神一闪，明亮而深邃。

黑皮走过无数的城市，见识过无数的人，看到二泉的笑容和眼神，像被拨动的琴弦，他的心微微一颤。黑皮把钱接过来，说：谢谢。

此后的好几天，只要黑皮开始唱歌，二泉就来，依然坐在地上，依然不停地从腰里掏东西吃，吃得很认真，似乎在听，似乎也没在听，但最后，总要递给黑皮五毛钱。

二泉再把五毛钱递过来的时候，黑皮拉住他的胳膊：兄弟，喜欢听我唱歌？

乱糟糟的头点一点：舒服。

黑皮说：一起喝一杯？

二泉的眼里冒出猫一样的光：喝一杯。酒是好东西。

于是，夜幕笼罩的城市里出现了这样一幕，一个流浪歌手，背着一把吉他，他的旁边，走着一个踢啦着拖鞋的流浪汉。

喝酒也是夜市，露天地摊，一盘毛豆，一盘花生米，一大桶生啤，两个人自斟自饮，不用劝，都不客气。黑皮就是在第一杯酒下肚以后，才知道二泉的名字。

黑皮说：敬你一杯，冲你每天的五毛钱。

二泉说：敬你，为你的歌。

黑皮放下酒杯，把吉他掏出来：兄弟，点一首，我给你一个人唱。

二泉摆摆手：不用。酒就挺好。

酒越喝越暖，话越说越稠。黑皮的头都快抵到桌子上，眼泪和酒一起顺着脖子往下淌。嘴里不停地喊：兄弟，兄弟。

二泉沉默着，听着，一杯接一杯，喝。

黑皮说：兄弟，你不知道，她有多好，她是真好啊。这个世界上，能把人杀死的，除了爱情，还是爱情……你知道吗？兄弟，爱情！

二泉仍沉默着，听黑皮说：没了，才知道啥叫没了。真他妈精辟啊。我到处找啊，找……可她是真没了。

黑皮沉浸在自己的世界里出不来，倾诉的声音归于含混的呜咽时，他看不到二泉藏在眼里的泪。每一个流浪的人背后，都是一大串忧伤的故事。黑皮会用音乐说，会在喝了酒以后说，但二泉不会。那些故事，已经化在他的生命里，成了他身上一副坚硬的铠甲。

第二天，黑皮醒来的时候，发现自己躺在大桥下一张破席子上，身上盖着一个被单，旁边放着一杯豆浆，几个包子，还有他的吉他。头疼得厉害，他使劲想，也想不起来怎么会睡在这儿。当然，肯定是二泉把他弄到这儿，又给他买了吃的。

二泉不在，黑皮等到中午，也没见他。此后的好几天，黑皮在广场上唱起那些熟悉的歌，他希望二泉会听到，会坐在他面前，不停地从腰里掏东西吃，然后一起去喝酒。但没有，二泉始终没再出现。

他试着去找过，不唱歌的时候，他沿着一条条街道找，到城市的边缘地带找，到大桥下去等，都没有见到二泉。

黑皮在心里重复着那句话：没了，才知道啥叫没了。没了的，不单单是他的爱情，还有他在这个城市唯一的朋友。

该离开了。风在远方，但比远方更远，流浪的人就像风一样，总要朝下一个远方奔。

在火车站，黑皮才又看到了二泉。就像突然消失一样，他又突然站在他面前，笑嘻嘻地咧着嘴说：兄弟，走啊？

看到二泉和他的笑容，黑皮愣了一下，然后便豁然，也许二泉就是不想让他过多牵挂他，这样会绊住他的脚步。

他拍拍二泉的肩：走。一起？

二泉说：不了。

黑皮说：那保重。

二泉脏兮兮的手挥一挥，留给黑皮的，是一个模糊的背影。

风清月明

戏台老了，很久没有唱过戏了，阔大的戏园子里杂草丛生，曾经锣鼓梆子响彻连天的时日，也不再有了。北侧楼上村委会的办公室里，经常传来争吵声，甚至谩骂声。

观头村的人多怀念那个热火朝天的年代啊。农闲了，豫剧、蒲剧、秦腔、眉户，都在这个戏台上轮番上演，甚至一个外省的芭蕾舞团还来演过《红色娘子军》。村民们喜气洋洋地搬着板凳，来一碗炒凉粉，喝一碗加了鸡蛋的醪糟汤，看一下午戏，再加一晚上，过瘾！接闺女，请亲戚，给孩子们发几毛钱，买根麻花，买截甘蔗，买盒小炮，或者买几个江米蛋，热热闹闹的，舒心啊。

可现在，看到这个戏台，老人们就长叹一声：败家子儿啊。

谁败的？不是某一个人，也不是某两个人。缺了金刚钻，发展，谈何容易啊。

换届。选新的村支书。

全村的党员都来了，一根接一根抽烟，劣质烟呛人的味道、脚臭味、汗味，把会议室塞得满满当当。候选人已经酝酿了整整一天，谁的票都不过半。

闷着。

突然有人站起来：真不行还让月明叔来干。

如同爆竹里扔进了一个烟头，"轰"地一声，闷着的人群炸开了。

太出乎意料了，很多人没反应过来。

月明叔曾经是观头村的老支书，整整干了三十多年。他带领大家在山坡上种枣树，种苹果，修水库，引水浇地，建砖瓦厂，把地处老君塬下的小山村变成了花果飘香的富裕村。那个大戏台，就是经他手建成的，一砖一瓦都是他的心血。看到他，大家才觉得踏实，有奔头。

所有人都记得，当年，他召开全村社员大会，批斗他老婆，只因老婆偷了生产队的棉花，要给孩子做棉衣。很多妇女都这么干过，可挨批斗的只有他老婆。他也因此得了个黑脸老包的绰号，谁家孩子哭了，大人吓唬孩子：再哭，再哭月明来了。

月明叔把他人生最美好的岁月给了观头村，观头村父老乡亲也信他，服他，什么都听他的。他当选全国人大代表、全国劳动模范那会，大家比他还高兴，那可是全村的荣耀啊。

可是，他老了啊。他已经过了古稀之年，该是颐养天年的时候了。

我们也要心疼心疼他，他一身的病。有人说。

会议室里重又沉寂下来，刚刚掐灭的烟又点燃起来。

要不去跟老支书说说？乡里来的副书记说。

我去。老秦站起来，没等大家说话，他已经走了。

老秦到月明叔家的时候，已是黄昏。

月明叔坐在院子里，不停地咳嗽。

月明叔。

唔，散会了？

没有。候选人还没推出来。

唔，这不是个办法，得尽快选出来啊。

叔，要不你再干一届？

我老了，思想跟不上。得让年轻人干。

叔，实在找不出来。要不我们观头村就毁了，你看这几年村里成啥了。有些人只顾自己发家，心里哪有大家啊。

唔。可我干不动了。

你坐镇指挥就行。

月明叔没有说话，连他的咳嗽也突然停止了。过了很久，他说：我把药喝了，你扶我去开会。

老秦扶着月明叔走进会议室的时候，大家都兴奋起来，不约而同开始鼓掌。副书记说：老支书，还得请你出山啊。

月明叔说：可不敢。这也是我的观头村啊，只要大家还信任我。

候选人很快定下来了，接下来的选举变得异常简单，结果也很简单。月明叔全票当选新一任的观头村党支部书记。这一年，他已经七十三岁。

七十三岁的月明叔再次披挂上阵，奔走在观头村的山山岭岭，继续规划着他理想中观头村的模样。旧的军大衣披在他身上，如一双老鹰的翅膀，呼扇生风。他原本黝黑的脸膛上，布满沟壑，就像老君塬上的一道道沟，一条条坎。

过年的时候，戏园子被修葺一新，戏台上重又响起锣鼓梆子急急切切的声音。大幕拉开，咿咿呀呀的角儿们粉墨登场，陶醉了一村的男女老少。就连炒凉粉的斜角铁铲，也在大铁鏊里叮哩当啷敲得更加欢快。

这才是好日子啊。

甘　棠

　　朱广印安静地坐在向阳商店门口，两只蚂蚁在他宽阔的背上漫无边际地驰骋。那株老甘棠树站在不远处的土堆上，作对似的看着他，枝繁叶茂，核桃大小的棠梨在叶间静静地挂着。

　　没有一丝风，已经是近黄昏了，但依然热得人浑身冒汗。

　　头顶轰隆隆滚过一个炸雷，让朱广印打了个哆嗦，他往西天看看，赤红的云火焰般在燃烧，染红了远处的房屋和田野。

　　那年，也是一个这样闷热的夏天，但长时间的干旱，让甘棠村的人和牲口都失去了力气，那株甘棠树的叶子打着卷不停往下掉，树梢已经稀稀拉拉。

　　从头年冬天就没落一场雪，春天也没见一滴雨，田里的麦苗干死在地里，黄河只剩下一条气若游丝般的细线，河岸裂开两指宽的缝，干泥像瓦片一样翘起来，踩上去脆响。

　　队长朱伍愁得满嘴燎泡，嘴唇上暴起一层干皮，他仰起头对着天上的云彩看，把脖子都看酸了，可每天那云彩都躲着不出来，天空蓝得跟染缸里捞出来的布一样，没一丝儿杂质。朱伍爹说：不行，去娘娘庙那地儿求雨吧，咱偷偷去。

　　朱伍把眼瞪得跟牛眼一样：爹，你疯了？上头知道了你还活不活？

朱伍爹说：那你倒是想个辙啊，再旱下去，今年绝收不说，人跟牲口都要旱死哩。

第二天，朱伍把甘棠树上挂的那个洋铁车轱辘敲得当当响，把全村人召集起来，说要打井，战天斗地，要从地下找水。

第一个反对的，就是朱广印。那时候的朱广印还是个精壮的汉子，络腮胡，说话跟吵架一样粗声大气，他说：球，咱村地势这么高，打井得打多深，等井打好了，都渴死个球了。有人跟着附和：就是，没听说远水解不了近渴，那还有黄河呐，咋不去引去。朱伍让朱广印说个解决的办法，他说：我又不是干部，不操那淡闲心。

吆喝来吆喝去，谁都没有说出个子丑寅卯，天依然热得人浑身冒烟。没有更好的办法，朱伍只好带着劳力在村里打井。

朱广印赤肚躺在家里的苇席上，摇一把破蒲扇，跷着二郎腿，一只脚打着节拍，听收音机唱《朝阳沟》，心说：我才没那么傻，这么热的天去打井，朱伍纯粹脑子有毛病。

吃完他媳妇做的蒜面条，朱广印又躺到炕上呼呼睡到半下午，起来擦擦脸上身上的汗，到处黏糊糊的，干脆，去黄河里涮涮。

从甘棠村一直往西，下了坡，穿过陕州老城，就是黄河。河水细了浑了，原本气势磅礴的河水变得有气无力，跟一个患了肺痨的病秧子似的。

朱广印走进河里，让泥汤样的河水洗刷着黏糊糊的自己。有鱼碰着他的腿，他来了兴致，干脆在河里摸起了鱼。

一天下午，朱广印摸到了三条大鱼，他把裤子的两条裤腿打个结，鱼装进去，拎着裤腰回去了。那天晚上，他家炖鱼的香味飘了半个村子。

吃了鱼，又歇了两天，朱广印觉得可以去上工了。见他背着铁锨，朱伍问他这两天咋没出工，干吗去了。他说有事。朱伍说，谁家都有事，有事也不能两天不上工，这两天工分扣了。

扣了？一天十二分，年底可就是三毛七分钱啊，朱伍咋说扣就扣了呢？朱广印不乐意了，他不能让这两天的工分白白损失了啊。

回到家，朱广印越想越气愤，他媳妇还骂他：该！谁让你搁家挺尸，还摸什么鱼，这下好几毛钱没了。不行，他得想办法把两天的工分弄回来，不然亏大发了。

朱广印去找朱伍，他说：你把这两天工分给我记上。我没上工是真有事，有大事。

朱伍端了碗正在喝汤：你能有啥事，懒事。

朱广印说：我给咱村改村名去了。

朱伍手里的碗差点掉下来：广印，可不敢胡来啊，咱这甘棠村叫了多少辈了，好好的，你改啥改，谁让你改的？

朱广印说：你看，是这么回事，旱这么久了，你还鼓捣大家打井，甘棠甘棠，可不就是干塘干塘嘛，咋能打出水来？更何况，我们村要取一个响亮的名字，向阳，社员都是向阳花。

朱伍说：不行，甘棠这名好好的，从召公来的，都是有典的，不能改。

朱广印说：我已经给公社汇报了，公社领导很同意我的意见，谁不同意就是反革命。

朱伍看着朱广印得意的样子，恨不得把手里的碗扣他脸上，但他不敢，他不想当反革命。

甘棠村改为向阳村这件事，是朱广印向村民宣布的，他激动得手舞足蹈，差点从土堆上摔下来：我们要拥护向阳村，坚决反对甘棠村，谁不同意就革谁的命。

没有人敢反对，包括朱广印去公社汇报甘棠村改为向阳村的时候，公社领导也真同意了。从此，甘棠村变成了向阳村，朱广印的两天工分记上了，七毛四分钱年底也分了。

这件事算是朱广印人生里的亮点，一个大手笔。他经常会把圆鼓鼓的肚子拍得嘣嘣响，给他儿子显摆：球，你爹我大小也是个人物，为七毛四分钱把咱村的村名都给改了，知道吧，这就是我干的，除了我，谁敢？谁？

拍着拍着，朱广印就老了。曾经的风云都变幻成了过往，几十年过去，他不拍了，这件事提也不再提了，但甘棠村的村名却再也改不回来了。

　　红得火烧似的西天，又滚过一个炸雷，年近八旬的朱广印下意识地缩了缩肩膀，摇摇铮亮的光头，好像要把爬上脑袋的蚂蚁晃下去。

好直的故事

谁能想到，一串陌生的数字背后，紧跟着的会是一阵暴风骤雨，让我猝不及防。

最后，依然是老套路：猜猜我是谁？

谁？还能有谁。虽然隔了十年的距离，但我还是一下就想起了这个声音的主人——余好直。

她的声音，实在是辨识度太高。一个女人，声音粗倒也罢了，粗里带着破，破里掺着沙，哎呀呀，想想吧，那是怎样的一种声音，惊天地，泣鬼神啊。

当然，我这样说，是有点夸张。想当年，好直和我一个班，除了上课，任何时候都会听到好直意外的声音凌空而起。下课了，她会突然在教室里喊：谁上厕所？好像上厕所是一件多么光荣而伟大的事，需要成群结队。厕所回来，从一个余姓男生旁经过，她一巴掌拍在人家后背上：一家子！把那个男生吓得一哆嗦。

在声音之外，好直也是班里的风云人物，出人意料的行为层出不穷，但总能带来良好的效果，比如吃油条。下了早自习，才是早餐时间，好直跟一个男生打赌吃油条，赌资是二十块钱。好直赢了，她吃了十根油条，那个一米八的男生才吃了七根。男生把二十块钱放在好直课桌上，双手一抱拳：你是我大哥。

高中的三年短得像百米赛跑，一眨眼，就进入了冲刺。在前十几名撞线的，没有好直，她落榜了。趴在寝室的床上，她哭得昏天黑地，这是我见到的好直最婉约柔情的一次。后来，好直复读一年，考上了一所工商管理学校，我们相隔千万里，各自走着完全不同的路。

再见好直，是毕业后十五年的同学会，我第一眼竟没认出来她。长发飘飘，黑框眼镜，白风衣，高跟鞋，如果不是她开口说话，我与她对面也不识。同学们惊呼：变化太大了，太女人了。

在那次聚会上，每个人都着急打听别人的信息，比对一下自己，重新找寻在同学中的位置。轮到好直，她浅浅一笑：就那样吧，我在企业上班，中层干部，老公在机关，有个八岁的男孩。

完美。这样的生活，只能用这个词来形容了，十五年时间，把好直和她的生活打磨成了一颗完美的珍珠。我除了羡慕，还能做什么？好直倒是很淡定：没什么的呀，大家都差不多，我在小县城，你还在市里呢。

那次聚会之后，我再也没见过好直，也没有她的消息，虽然大家都留有电话号码，但大多是固定电话和小灵通。十年之后，乍一听到她的声音，我有些诧异。

好直？

你听出来了？我还以为你把我忘了呢。

怎么会，你在哪儿呢？

我来市里了，你能出来一下吗？

我在马路边见到了好直，她手里攥着一个绿色的无纺布袋子，头发扎在脑后，脚上是一双粉色的拖鞋。见到我，好直一把拉住了我的手，粗壮的手臂露出褐红的颜色，手掌粗糙有力：可找到你了，亲人啊，我活不成了。

她特别的声音再次高亢而起，我赶紧说：别急，咱找个地方说。

坐在一家茶社的包间里，好直抽抽搭搭夹杂着义愤填膺，讲了她的遭遇，我连听带猜明白了大概。

好直是为她老公讨说法的。三年前的夏天，好直的老公在夜市上吃烤肉，旁边一个桌子上打群架，他去劝架，结果，一把刀子扎在心脏上，没等到120车来就没命了。好直认为他老公是见义勇为，县政府不批，说证据不足以证明他老公是为了抢救他人财物或者生命不受侵害。

好直说：他不能这么白白地死了，他死了，我一家老小可咋办？没法活了啊。

好直从她的绿色无纺布包里掏出厚厚的一叠纸：你看看，这是我的材料，可他们不认啊，一群官僚。

这事好像有点麻烦，凭我一个小小的负责统计的科长，好像解决不了这个问题，我连找谁都不知道。

好直说：就得找综治委，民政局，其他部门没用。

好直好像又回到了高中时虎虎生风的做派，粗喉咙哑嗓子，不管不顾。我告诉她让她老公单位出面，他不是机关的嘛，总是要好些。

好直原本激动的脸一下变得神情僵硬，她低了头说：他就是个破工人，和我一个厂的，早都下岗了。

可是？

可是我说过他是机关的，是吧？咱们同学一个一个都风光无限，我能告诉大家我和老公都是个普通工人，我们天天为了鸡毛蒜皮的事吵架？能吗？原本大家都看不起我，我不能总成为大家的笑柄。

我不知道该怎么安慰她。她说的没错，谁没有暗夜哭泣的时候，谁没有背地里的伤心欲绝？

好直说：现在，我是没办法了，想着能争取点待遇，也算他没白死，家里到处都要钱。

她趴在矮矮的茶几上，根根晶莹的白发刺着我的眼。我仿佛又看到了二十五年前，那个在寝室里哭得一塌糊涂的好直，那时候，她哭喊着：我不想回农村种地。

我通过好几个朋友，找到了市综治办的一个主任，把好直带到他面前。

离开市里的时候，好直说：大约还是没希望，让回去等着，都是借口。

我说：那你先回去等消息，也说不定就可以呢。

她撇撇嘴：哼，相信他们的话，年都过错了，反正不批我就一直找他们，不行上省城，进京。

看着好直因气愤而有点变形的脸，我一时无语。

红薯红薯不说话

　　二哥打电话的时候，李胜利正在买烤红薯。

　　李胜利其实从小吃红薯，对红薯没多少兴趣，但这是妻子给他定的晚饭食谱，一斤烤红薯，一袋牛奶。妻子说，烤红薯对他的身体有好处。

　　李胜利的老家盛产红薯。在很长一段时间里，红薯成为一家大小的口粮。蒸红薯、烤红薯、煮红薯，红薯粉、红薯面、红薯馒头，还有红薯干，到后来，红薯梗和红薯叶都吃了，却仍吃不饱。

　　李胜利抱着舔得干干净净的碗哭。红薯面汤也喝不上了，除了哭，幼小的他不知道还能做什么。二哥把他的碗从手里夺下来，咣当放在案板上：哭，哭，烦死了。二哥也饿啊。

　　二哥带着他在村里村外游荡，因为妈说：不到吃饭时间，你们别回来。没有吃的，妈看见他们心烦。

　　后来，二哥让李胜利站在一块地边，告诉他有人过来就喊。一眨眼工夫，二哥不见了。等他再出现的时候，他光着脊梁，夹袄抱在怀里，里裹着几个沾满泥巴的红薯。他把李胜利带到土埝跟前，拿出一个颜色鲜红的小红薯，在裤子上蹭了蹭：赶紧吃。李胜利啃着那个脆生生、甜滋滋还带有泥土味道的红薯，觉得那是世界上最好吃的东西。

　　李胜利不知道二哥的红薯是哪里来的，只要他饿了，他就缠着二哥，要他去找红薯。直到有一天，二哥被打得鼻青脸肿，衣服也撕破了，他才知道，二哥的红薯是偷来的。看着龇牙咧嘴的二哥，李胜利说：我不吃红薯了。二哥说：没事，不疼。

二哥只比李胜利大六岁，却像他的小父亲一样，天天领着他玩，照顾他吃喝，督促他上学、做作业。

李胜利临上大学走的时候，二哥已经结婚，生了两个女孩。那时候，父亲去世了，母亲脑子糊里糊涂的，二哥成了这个家名副其实的家长。他送李胜利去车站，叮嘱完东叮嘱西，絮絮叨叨。李胜利说：二哥，你都说八百遍了。二哥憨憨地笑笑，塞给他一个软乎乎、热腾腾的大红薯：你爱吃这个，路上吃吧。

毕业分配留在城市，李胜利离二哥越来越远，离红薯也越来越远，如果不是高血压、动脉硬化前兆这些恼人的疾病困扰，他被妻子逼着多吃红薯，他也许想不起来那些天天吃红薯的日子，想不起红薯香甜绵软的味道。

李胜利不知道哪儿有卖烤红薯的。他的脑海里有一副画面，一个穿着笨重的老人，戴着深蓝色的棉帽子，乌黑的手套，守着一个旧汽油桶改成的烤炉，烤炉上码着几个软乎乎、热腾腾的烤红薯。可他越想，越找不到那个老人和他的烤炉。

一条小巷子拐向另一条小巷子，终于在一家店铺门口，他看到了那个生动的画面。老人从炉膛里掏出两个红薯：给你俩热乎的。

李胜利把红薯握在手里，隔着手套，暖着两只手。这时，电话响了，是他二哥。二哥在遥远的老家，但经常会打电话来。

二哥打电话有事的时候多，比如翻修房子，孩子上学，牛摔断了腿，等等，这些事都需要李胜利寄钱，而且还不是小数目。李胜利觉得二哥的电话就像一道绳索，紧紧地绕在他的脖子上，那头轻轻拉一拉，这头就要憋气难受很长时间。

二哥问他干吗呢，李胜利说：买烤红薯呢。

李胜利听见二哥的喉咙很响地咽了一口唾沫：四儿啊，红薯还没吃够啊。

李胜利问二哥有事吗，二哥吭哧了一会儿说：电视里有一种药，治疗高血压的。李胜利问：多少钱？二哥没吭声，李胜利追问了一句：说啊，到底多少钱。二哥说：一千九百八。一个疗程。

一提到钱，李胜利心一沉。一千九百八，不是个小数目。他不停地捏着红薯，把两个本来就软软的红薯捏得更软。

二哥，吃红薯多好。那个，药，药到底是药。

吃不了红薯，胃酸，一想红薯嘴里都泛酸水，吃伤了。二哥说。

那么贵的药，到底行不行啊？李胜利说。

电视上说，疗效挺好的。二哥还在坚持。

好好，我知道了。听电视的，年都过错了。过几天给你打钱吧。

李胜利挂了电话，看着手里的烤红薯，有点郁闷。他多想和二哥说说红薯，说说过去两个人在一起的快乐时光啊，可二哥，只跟他说钱，说一千九百八的药。

回到家，李胜利气呼呼地把两只红薯扔在餐桌上。它们慢慢变冷，变硬，最后被扔进了垃圾桶。

他的生活和二哥的生活，相隔的不仅仅是红薯。还有很多他无法了解，二哥也无法了解。

金碧辉煌

"我靠，这都是什么日子啊。"上官熙鼻涕一把泪一把控诉完，王小倩大骂一声，扔了手里的茶杯，茶叶、茶汤、碎瓷片在地上四散开来，白色的地板顿时盛开了残花。

王小倩是上官熙的死党。王小倩马不停蹄地恋爱、结婚、离婚，一壶水开了凉，凉了开，现在还差着一把火，灌不了暖壶，可上官熙早早就她那壶把水烧开了，灌了暖壶，保上温，还捎带手生了个儿子。王小倩一直对她的选择很不齿：一辈子长着呐，你知道这把破壶能保多久的温？好水总得找个好壶。

上官熙哪里还有找壶的时间，她儿子小壶的水都快开了。小壶叫楚奇，刚上初三，上官熙和她家的破壶老楚已经去了三趟学校。校信通一会儿发一个，楚奇家长来学校一趟，楚奇作业没完成，楚奇和女同学关系过于亲密……老楚开始还伸大巴掌吓唬吓唬儿子，后来看不怎么管用，干脆撒手不管了，天天戴着耳机在网上下棋打牌，任凭上官熙母老虎一样扯着嗓子吼。

楚奇久经沙场，在战斗中不断成长，早跟他爹一样，学会了左耳朵进，右耳朵出，上官熙的苦口婆心、梨花带雨、风卷残云、暴风骤雨，所有招数他都一清二楚，兵来将挡，水来土掩，上官熙徒劳地增加战斗频率，到最后，依然是伤心地败下阵来，独自生闷气。

上官熙气急了，踢开书房门，一把扯掉电脑电源，电脑啪一声死了，老楚的鼠标没地儿点，愣怔怔地看着她：你疯了？上官熙说：玩，玩，你还管不管你儿子了？老楚慢条斯理地摘下耳机：那不是你儿子？上官熙说：他爹死了？老楚拉开屁股下凳子，瞪一眼五官变形的上官熙，轻飘飘地扔给她三个字：神经病。

楚奇的学习成绩一直在中下游稳定地徘徊，上辅导班、请家教、学校老师一对一辅导，上官熙想方设法，但似乎都起不了什么作用。

"高中不是义务教育了，楚奇，你这成绩哪个学校愿要你？上不了高中，大学想都别想。"楚奇应对上官熙的最好策略是沉默，没有任何表情地沉默。看他这副模样，上官熙死的心都有：这啥儿子啊，小时候人见人爱的小可爱，啥时候变成了这个德行。

熬。上官熙给王小倩哭诉半天，纸巾用了一张又一张，王小倩把台湾建窑的茶杯都扔了，就想送给她一个字：离。她最后却得出了一个字：熬。

白扔了。王小倩心疼死她的茶杯了，这上官熙鬼迷心窍了，破日子有啥留恋的，老楚那样的男人白给她都不要的。

哭完了，骂完了，上官熙的心情似乎好不少，她才想起来找王小倩还有正事。她知道王小倩认识人多，看有没有教育局或者哪个好点高中的校长，楚奇的成绩她要早做打算。

王小倩想再扔一个茶杯，但忍住了：上官熙啊上官熙，你猪脑子啊。刚还哭得一塌糊涂，转眼就忘了？

上官熙嚷着鼻子，一双泪眼可怜巴巴地看着王小倩：楚奇的成绩你知道的，要不咋办？

咋办？让老楚想办法。

老楚哪里有什么办法，他一个科级干部，谁认识他是谁，再说，他脸皮那么薄。

合着就我脸皮厚？

上官熙拉过王小倩的手，孩子一样摇晃：倩儿，你不跟市领导谈过一段嘛，给奇奇想想办法，求你了。

王小倩说：别跟我提市领导，满共就见了那老头三次，更何况他还是一过气的。

上官熙说：你总比我们办法多。

上官熙卸了包袱，满面笑容地走了，她的包袱却背在王小倩身上，让她坐立不安。她想骂人，又不知道骂谁。

上官熙不停给王小倩打电话问进度，气得王小倩大喊：索命小鬼啊，我正找庙门呐，你准备好猪头。上官熙说：没问题，没问题。

离楚奇中招的日子越来越近，上官熙真正陷入了水深火热，买菜做饭，看楚奇脸色调整她的情绪，得空还要跟老楚吵架。

王小倩终于七拐八拐找了个庙门，上官熙一听兴奋地直蹦：倩儿，我就说你有能耐嘛。等着，我马上到。

马上到王小倩家的还有老楚，俩人拿了一堆水果，笑嘻嘻的，跟中了大奖一样。老楚说：小倩，你家跟宫殿一样，金碧辉煌的。他扭头对上官熙说：一比咱家就是狗窝啊，乱七八糟。

上官熙幸福地看着老楚：倩儿是谁，咱不能比。

老楚说：那是，那是。

王小倩看着他们俩当面秀恩爱，踢了踢上官熙的脚：肉麻不。

上官熙嘿嘿傻笑：穷人也要过个年嘛。

王小倩说：过年回家过去，别刺激人。

上官熙说：走，马上就走，锅里还炖着排骨玉米，奇奇最爱吃了。

上官熙走了，挽着老楚的胳膊走的。

刚才恩爱的俩人出门就吵，上官熙不停地埋怨老楚：瞧人家过的啥日子，瞧瞧我，整个一老妈子，除了一脸褶子，要啥没啥。

老楚嬉皮笑脸地说：你不有我和奇奇嘛。

上官熙和老楚走后，王小倩环视着自己空旷冷清的家，心想：这哪里就金碧辉煌了？连个人气都没有，啥破眼神。

六月花开

  阿灿捕到大黄鱼的消息，是随着海风吹到镇上来的。船还没有靠岸，呼啦啦围了一圈人。

  "阿灿，你小子有福来，我们多久没见大黄鱼的影子了，赶紧拿给安安看看。"阿灿抹一把脖子上的汗，从船上跳下来，嘿嘿笑笑，拎着金灿灿的大黄鱼跑了。安安是镇上最漂亮的姑娘，正和阿灿好着。

  黑脚板踩在石板街上，吧嗒吧嗒，响得安安心里一紧一紧，停了手里的活，听那吧嗒声从屋后响到屋前，停住，然后是急切的敲门声。

  开了门，阿灿和安安对视一眼，都笑了，仿佛互相在问答："你好吗?""我很好。"

  阿灿递上大黄鱼："给你。"

  安安害羞了："给我干吗啊。"

  阿灿急了："聘礼啊。"

  安安说："讨厌，谁要你的聘礼啊。"扭身跑进了屋，肩上的辫子跟着一跳一跳，跳得阿灿心乱如麻。

  拿一条大黄鱼做聘礼，是安安爹提出来的。安安爹在海上漂了大半辈子，在海浪上闯海风里钻，把命交给了海神风神，一出海，家里人担惊受怕，天天望着渺无天际的大海，痴等。他不想安安嫁给渔民，尤其是像阿灿这样父亲葬身大海的渔民。但看着他们俩情投意合，又不能挑明了反对，让安安伤心，于是，他给阿灿提了一个苛刻的条件，拿一条自己捞的大黄鱼做聘礼，他才能考虑把安安嫁给他。

阿灿拎着大黄鱼，兴奋地在安安家院子里转圈。刚进入六月，栀子花初开，雪白的花朵像安安的脸一样端庄明丽，阿灿凑过去，深深吸口气，就好像嗅着安安脖子里的香气。

安安从窗户上看见阿灿的模样，忍不住笑了。她喊："花痴啊。"阿灿不好意思了。隔着玻璃，两个人目光相接，彼此眼睛里都是水盈盈的，微微颤着，闪闪亮着。

安安爹回来了，他一眼看到阿灿拎着的大黄鱼，很是惊喜。这野生的大黄鱼已经很久没看到了，阿灿这小子怎么还能捕着，好东西啊。但也只那么一瞬，他回过神来，把自己盯着大黄鱼的目光拉回来，盯着阿灿黝黑的脸："是你自己捕的？"

阿灿说："阿叔，是我自己捕的，我在海上待了十五天，才捕到它的。"

安安爹没有接阿灿递过来的大黄鱼，却冷冷地扔给他三个字："太小了。"

只有真正的渔民才知道，野生的大黄鱼有多珍贵，而阿灿手里这条三斤多重的大黄鱼更是稀有，面对安安爹冷冷的这三个字，阿灿一时不知道说什么好。

安安不乐意了，她摇着她爹的胳膊："爹，这条可以了，海里没有更大的了。"

她爹说："我闺女是镇上最漂亮的姑娘，自然聘礼也要最大的大黄鱼。"

阿灿把手里的鱼递给安安，他说："没事，我再去捕，捕不到最大的大黄鱼，我不来见你。"

阿灿走了，安安不进屋，不理她爹。她站在那株栀子花前，像阿灿那样弯着腰，轻轻嗅着花香，想着出海的阿灿。

花开了一朵又一朵，谢了一朵又一朵，归航起航的渔船来来往往，挤满了海港，可阿灿的那艘渔船还在海上。

站在岸边的礁石上，安安伸长了脖子，除了苍茫的大海，尽管什么也看不见，但她依然在落日的潮声中等，等着阿灿的小渔船突然出现在海平面上。

起风了。海浪咆哮着、拍打着安安脚下的礁石，长发在脸上乱飞，眼睛快睁不开了，她有些恐惧。

有船陆陆续续返港避风，但依然没有阿灿的那只。安安去喊她爹："风这么大，海上风该更大了，阿灿还没回来。"

看着怒吼着撞击礁石的海浪，安安爹估计海上起码得有九级风，他不敢告诉安安，只紧握双手祈求海神照顾阿灿，让他平安归来。

风停了，密集的乌云慢慢退去，海面恢复了平静，港口停泊的渔船又出海了，安安还在等。一丝不祥的预感笼罩了小镇，但谁也不敢说出那个可怕的猜测。

几天后，一艘大船拖回了阿灿的小船，船底有一个碗大的窟窿，船身破烂不堪。

安安盯着那只破烂的渔船，她无法想象阿灿的船上怎么会没有阿灿呢？阿灿哪里去了？自己去海里捉大黄鱼了吗？她不停地喊："阿灿，阿灿……"那个吧嗒吧嗒的脚步声没有出现，那个眼睛明亮皮肤黝黑的讨厌鬼也没有出现。

后来，每当六月来临，人们经常会在海边看见两个身影，一个，手里拿着一枝栀子花，轻轻地嗅着洁白的花朵；一个，拿一瓶白酒，自己饮一口，朝海里倒一口。

忧伤的夜晚

一觉醒来，就进入腊月二十三，突然一切好像都变了。

严厉苛责的大人们变得谨慎而通达，他们不再张口就骂，抬手就打，家里那些猴孩子们得了势，上蹿下跳，在村里风一样刮过来刮过去，撵鸡打狗，爬墙上树。

栓子娘从一早就开始忙碌，好像积攒了一冬天的活今天才开始干。她屋里屋外进进出出，手不闲着，嘴也不闲着，给栓子爹派活：院外的柴火要搬进来，鸡窝再整整，垫笼屉的木砖少一块，刷屋子的白土得去背了……栓子爹不吭声，闷着头在院里一样一样拾掇。

发面用的面糊和好放在炕头，盖了面褥子，到中午已经发了满满一盆，散发着面香和酵子的酸味。面糊倒在案板上，加了白面，不停地揉，揉匀了，放进盆里继续发。

到了半下午，村庄里突然静下来，孩子们的呼啸不知什么时候停了，鸡狗也不叫了，各家都在默默地准备着祭灶的东西。

栓子爹还在院里整理那些乱糟糟的树枝、被鸡刨得到处都是的树叶、麦秸。栓子娘出来一看，院子并没有因为栓子爹的整理而变得整齐，反而更乱，她想指责几句，张张嘴又咽了回去。

临近黄昏的时候，灶爷饼快要出锅了。栓子手里拿根棍，拖着长鼻涕站在锅台边，伸着脖子贪婪地闻白面的香气。栓子爹终于把院子里东西归拢整齐，他抬手想打栓子，最后却只在栓子脖子上摸了一下：等不及了?栓子吸溜一下鼻涕：冷。

栓子娘说：气落了就揭锅。

堂屋的灯点上了，屋里亮堂起来，朱红的条盘擦洗过，已经摆上苹果、糖团，还有五张皱巴巴的十块钱，就差灶爷饼了。

这时，大壮来了。一看见大壮，栓子娘和栓子爹的表情顿时凝固在脸上，不知道接下来该怎么办。栓子娘看看大门，刚才让栓子关门，他着急想着吃灶爷饼，没上门闩，她瞪一眼栓子，栓子没看见，他一直盯着锅盖上的热气。

栓子爹把大壮让进屋里，端来他的烟笸箩，让大壮卷一根。大壮说：不抽了。哥，你看，那钱?

栓子爹从看见大壮走进院子的那一刻，就想起来一件很严重的事，他忘了给大门上贴黄表。

这是观头村的风俗，欠了人家钱到年底又还不上，不好意思说，就在大门上贴上黄表，要账的看见黄表，知道还不上，就不再来要，欠钱的人家可以安生过个年。

栓子爹为给老娘看病，借了大壮十块钱，病没看好，老娘走了，买棺材下葬又借了大壮五十，年底卖了猪，加上栓子娘一年卖鸡蛋攒的，满打满算只有五十多块，今晚拜灶爷还要给灶爷放上。昨天晚上栓子娘就提醒他一早贴黄表，他准备了黄表，一忙又给忘了。

大壮说：家里拜灶爷等着，手头也没多的。

栓子爹说：我知道，我知道。

栓子娘站在门口拿围裙擦眼，见大壮看她，又擦了擦嘴，好像她刚偷吃过什么，其实，她只在早上喝过一碗粥。

屋里屋外都安静了，栓子爹和大壮低着头，耸着肩膀，比那些案板下的瓶瓶罐罐还沉默，油灯一跳一跳地燃烧着。

栓子娘说：兄弟，你看，这一年也没攒够。

大壮说：嫂子，不够就不够吧。

栓子爹看一眼栓子娘，站起来从条盘里拿起那五十块钱，递给大壮：兄弟，先还你五十吧，余的明年收了夏还你。

大壮是看着栓子爹从条盘里拿的钱，知道是准备拜灶爷的，可他家也等着这钱，他拿了钱，像偷来的一样，匆匆走了。

栓子站在锅边兴奋地喊：娘，气落了，气落了，该揭了。

栓子娘把压锅盖的砖头拿下来，掀开锅盖，新鲜细腻的香味顿时在院子里弥漫，栓子贪婪地深深吸一口，鼻涕流下来，他顾不上管了。

扁扁的灶爷饼摆满了条盘，热气腾腾，栓子娘说：钱咋办？

栓子爹把箱子里的手绢包拿出来，其实不用数，一共七块钱，但他还是很仔细地一毛两毛地数了一遍，取出破的脏的，凑够五块钱，递给栓子娘：你给灶爷好好说说。栓子娘说：都放进去吧。

一把零碎的毛票放进条盘，摆在堂桌上，栓子娘点了香，跪下，拜了三拜，嘴里念着：陈灶爷走，新灶爷来，金银财宝揣一怀；驴驮金，马驮银，骆驼驮个聚宝盆……

栓子的眼睛一直盯着他娘的后背，只要他娘一站起来，就意味着拜灶爷结束，他就可以吃灶爷饼，肚子早就饥肠辘辘了。

吃饭的时候，每人手里都有一个灶爷饼，没有菜，没有汤，但都吃得格外香，栓子的嘴吧唧出很大的声音，夹杂着哧溜哧溜吸鼻涕的声音。

栓子睡了，蒸过灶爷饼的炕被烧得很热，栓子的胳膊腿全晾在被子外面，也许他梦里还在吃灶爷饼，嘴角的哈喇子已经流到了枕头上。栓子娘和栓子爹睡不着，热炕烧背烫屁股，俩人不停地翻来翻去。

栓子娘说：早让你贴黄表，都能忘，啥都不过心。

栓子爹说：今儿二十三哪，别说了。

栓子娘说：送灶爷都没钱摆。

栓子爹说：早晚都得还人家。

栓子娘叹口气：睡吧，明儿还得扫屋。

栓子爹也叹口气：睡。

游戏

又是饭局。

对于龚丞来说，这个饭局实在没法推了。

打电话的是他高中同学，而且是女同学，约的也全是同班同学。人高马大的李芸在一家企业做会计，说话声音依然如二十年前一样，粗放，响亮。她说：局长大人啊，见你一面怎么这么难。

龚丞说：行了，行了，别损我。

龚丞的局长位置有点特殊，反贪局，本单位和熟悉的人都喊他龚检，只有像李芸这样远离机关的人才喊他局长。

由于工作关系，在这个城市，龚丞和同学来往很少，大家能记得的也只是他白净的面孔，腼腆的笑容。很多同学了解后来的他，还是通过报纸。一桩轰动一时的贪污受贿案，他是公诉人。报纸上写得天花乱坠，说他如何反应敏捷、言辞犀利等等。同学说，不会吧，记得他可是笨嘴笨舌，一说话先看脚下的。

二十多年过去，任何人都会发生变化，甚至是天翻地覆的，比如，那个瘦小得跟猴子一样的施笠也是个例子。想当年，他一副饱受欺凌的样子，总是脏兮兮地缩在一个角落，生怕被人看到，如今，他的身体、性格还有官运如同搁了过多的酵母，发得一团肿胀，成了这个城市一个区的财神爷。龚丞最怕见到的就是这个施大财神爷。

龚丞一再追问李芸，谁请客，都谁参加，李芸光打哈哈，拿出一副在企业混就的赖皮作风：你去了不就知道了。当局长同学都不要了，这还没让你请客呢。

龚丞架不住李芸一个又一个电话催逼，只好答应。

饭局设在青云阁二楼，贵八。龚丞一推门，先看到摊在沙发上的施笠，还有好几个面容略带模糊的同学。看到龚丞进来，施笠很敏捷地从沙发上起来，冲到他跟前，自作主张地来了一个拥抱：龚丞，龚大检察长。

从看到施笠的那一刹那，龚丞就明白：果然是鸿门宴。施笠还真的是神通广大，他两天前才收到那封举报信，今天，多年不见的老同学就被他打捞到一起了。

尽管施笠一再强调，就是老同学聚聚，叙叙旧，没别的事，李芸也傻乎乎地跟着起哄，一再提起每个人当年的逸闻趣事，扯起怀旧的线头，可龚丞还是不敢大意，除了酸奶，什么酒都不喝，他说：肝上有病，真不能喝。

酒杯乱飞之后，话题突然就集中到龚丞身上，他的工作，他的生活，住在哪儿，几号楼几单元等等，他心说：来了。

施笠请来的帮手们很是卖力，轮番上阵打探。龚丞兵来将挡水来土掩，只笑，一杯接一杯喝酸奶。他清楚地知道这一顿饭后，接下来施笠会走什么程序，无非上门送礼送钱，求他不要立案。

宴席拖得有点长，人困马乏，李芸捂着嘴打哈欠，施笠还没有放龚丞走的意思，他说：转移战场，走，唱歌或者洗脚。

龚丞放下杯子，说：别转移了。来，咱们做个游戏，振奋下精神。

一圈东倒西歪的人坐正了身子：好，好。

龚丞说：办案的时候，我最喜欢看对方的眼睛还有肢体语言，不出十分钟，对方不用说一句话，我就能打开缺口，找出他心底最薄弱的地方。要不，咱们试试？

一男同学大喊：把我们当犯罪嫌疑人啊。

龚丞说：游戏，玩嘛。这不是同学聚会，酒桌上的事，谁当真啊。

施笠说：不好玩，不好玩。

李芸却兴奋起来：试试就试试，我先来。

龚丞让李芸坐在沙发上，他搬个凳子隔着茶几坐在她对面，居高临下，看着她。开始，李芸还镇定自若，东看西看，三分钟不到，她的身子就不断拧来拧去，掏出手机，打开合上，合上又打开。龚丞说：你女儿还好吧？李芸说：提我女儿干吗？龚丞说：没怎么，我问一下嘛。

几个人轮流来试，都败下阵来，最后是施笠。

施笠毕竟是施大爷，心理素质肯定比那些没见过世面的同学好。他靠在沙发上，紧闭双眼，看起来像睡着了一样。李芸低声说：这闭眼的，龚局长没招了。

龚丞不动声色，依然盯着假寐的施笠。七分钟之后，施笠终于睁开了眼睛，迅速地扫了龚丞一眼，又闭上了。

龚丞说：你喜欢住大房子还是小房子？我是不喜欢小的，太憋屈。施笠的嘴巴轻轻地抽搐了一下，没有回答。

龚丞哈哈大笑：开个玩笑，施局别在意啊。游戏，游戏，大家都别当真，刚才也都是胡说八道，都别往心里去。

施笠睁开眼睛，额头上一层细密的汗珠在灯光下闪着亮。他跟着龚丞哈哈大笑：龚检幽默，真幽默。

分手的时候，一群人在楼下握手话别，施笠说有事，第一个匆忙离去。

李芸问龚丞：施笠找你啥事啊？

龚丞说：不知道啊，他没说。

李芸说：那他还非让我请你来，给我下了死任务。

龚丞说：也许是真想老同学叙叙旧吧。

李芸说：你刚才的游戏挺好玩的。

龚丞说：凡事都要争取主动嘛。

李芸听得一头雾水：啥意思？

龚丞笑笑：没啥意思。走吧。

　　这时，龚丞收到了施笠的短信：你厉害。明天我到你办公室说明情况。

　　也许只有龚丞和施笠知道，那个游戏到底啥意思。游戏也像战争，充满了双方势力的彼消我盈，还有种种隐喻和暗示。

最后一滴眼泪

这是一个可怕的事实。

阿瓦城的所有人丧失了流泪的能力。自私和不信任，让阿瓦城人的心变得越来越硬，越来越冷酷，不知道悲伤和欢喜，不知道感恩和感动，他们的泪腺蜕化，眼里已经流不出一滴眼泪，所有人，他们装模作样的哭泣只是一些干巴巴的声音，类似兽类的嚎叫。

女人因为缺少眼泪的滋润，渐渐枯萎，委顿下去，如一把干草，脆弱而没有弹性。孩子因为缺少眼泪，一个个长得如同五六十岁的老人；男人因为女人和孩子的快速老去而焦虑，他们不轻易弹出的眼泪更是丁点也没有了，所有人双目空洞如废弃的窑洞。整个城市没有了灵动，没有了生气。

医生说：太可怕了。他担心的是有一天人们的心脏越来越硬，因为失去收缩能力而不能使血液正常循环，人们的肌体停止运行。

医生对市长说：必须尽快解决这个问题，马上，立刻，十万火急。

市长何尝不着急，他刚刚失去了白发亲娘。母亲年轻守寡，含辛茹苦养大他和妹妹，省吃俭用，供他和妹妹上学，可在母亲的追悼会上，他"哭"了三个多小时，却流不出一滴眼泪，他的眼睛如同两眼枯井，不能泛上一丝的潮湿。

市长询问医生有什么办法，医生摊开双手，这不是医学能够解决的问题，最好去找社会学家。

社会学家一进市长办公室，就知道叫他来的目的。其实他已经研究过这个问题，从他和他的家人，还有周围同事、邻居纷纷失去哭泣能力的时候，他就开始关注，试图从社会学的角度寻求答案。

以前的以前，阿瓦人和善、友好，他们伤心、感动、欢喜的时候，都会流出眼泪，那些纯净的液体，从眼睛里像泉水一样涌出来，经过脸颊，使阿瓦人楚楚动人。到底是什么让阿瓦人丧失了这样的能力呢？

社会学家分组调查了学龄前的孩子、成年人、老年人，调查结果让他大吃一惊。学龄前的孩子不知道什么是眼泪，成年人是最早丧失眼泪的群体，而老年人是最为怀念眼泪的一部分。

社会学家对这个结果有点迷惘。成年人是肌体最强壮的，也是这个城市的中流砥柱，可他们怎么会最先丧失流眼泪的功能呢？随着调查的深入，社会学家陷入了一团泥淖，他没办法继续深入下去。每个人诉说的症状是一样的，可原因却千奇百怪，原因背后隐藏着嫉妒、自私、缺乏信任、心理失衡、贪婪、情感稀释，种种种种……他无法从中归纳出一个明晰的主线。社会学家对市长说：我无能为力，再调查下去，我会崩溃的。

市长看着社会学家的脸，还有那一双空洞的眼睛，他不能通过眼睛判断出他所说的是否属实，现在，阿瓦城的每个人眼睛看起来都一样，无精打采，透露不出任何个体的信息。

市长叹息一声，不甘心地拿起电话，叫来了报社的主编，要主编在报上刊登一条启事：重金寻找本市市民的眼泪，哪怕就一滴。他不相信阿瓦城的人就这样彻底告别了眼泪，走向枯萎。

启事很快登出来了，头版报眼位置，套红。阿瓦城的人以高度的热情关注这件事，因为长期没有眼泪，他们对眼泪的渴望比金钱更为强烈，大家议论纷纷，用遍各种办法寻找这珍贵的眼泪。

一位临产的母亲躺在产房里，也在祈祷：上天，赐给我的孩子眼泪，赐给他哭泣的能力吧！

夜晚子时，这位母亲经历了三个多小时的剖宫产，生下一个可爱的小男孩，母亲给他取名字：呼唤。

呼唤的哭声嘹亮，所有新生儿就数他的声音最大，底气十足，但遗憾的是，十天、二十天、三十天过去了，呼唤只是干巴巴地哭，同样是没有眼泪。这让呼唤的母亲很伤心，她觉得她最起码还尝过哭泣、流泪的滋味，可呼唤就像天生的盲人一样，一脱离母体就陷入干涸。

这位年轻的母亲抱着呼唤，一边祈祷，一边回忆起少女时代，无数次泪水从眼里涌出，那是怎样美妙的倾泻啊。可是，可怜的呼唤……她想着，突然鼻子一酸，涩涩的眼里有了异样的感觉。

是眼泪来临前的那种感觉！她高兴地抱起呼唤，在呼唤的头上、脸上不住地亲吻。

那是什么？晶莹剔透，如熠熠发光的钻石！一滴泪，在呼唤的眼角凝聚，然后，慢慢地，慢慢地，朝发际滑过去……

整个阿瓦城的人欢呼起来，大家彼此拥抱、亲吻，庆祝这滴珍贵的眼泪，这也许是阿瓦城最后一滴眼泪了。

当然，也可能不是。

孤独的铁锨

　　老家的样子，在大宝无数次的描述中，渐渐清晰地印在小宝的脑海里。

　　小小的山村，满坡的柿子树、枣树，沟里全是洋槐树，还有一条清清的小溪。小溪流出那道山沟，流进一个大水库，水库里有鱼有虾。水库的下游，是几里长的苇子沟，轻柔的芦苇摇曳，水草蔓生，像一幅迷人的油画。

　　让小宝最感兴趣的，还不是这些，他对大宝童年的那个乐园充满了好奇。

　　就像鲁迅先生的百草园一样，大宝对小宝说，他也有一个。那是一座旧的大院落，原有的住户都搬走了，房子拆了，只留下一溜矮矮的土墙。院子里有合抱粗的椿树，冠盖硕大的老泡桐，几颗石榴树和梨树。院子的角角落落，散落着一些碎的瓦盆瓦罐，还有脏瓶子、漏的铁盆、鸡毛、旧鞋子，加上野猫、叫蛐蛐、带着一群小鸡的老母鸡。大宝感叹地说：比游乐场可好玩多了。

　　小宝问大宝：你在那儿玩什么？

　　大宝说：玩得可多了。白天挖麻知了，笨笨牛，对，就是你们说的屎壳郎，抓野猫，找鸡蛋，就像探险一样，随时都能发现好东西。天黑了玩打仗，比真人 CS 还过瘾。

每次听大宝绘声绘色地讲那个院子，小宝就向往得不得了，他不停地问大宝：爸，啥时候回老家啊？今年暑假行不行？

小宝从没回过老家。每次都是爷爷奶奶背了大包袱来看他，他们说路远太颠腾，小宝受不了。小宝长大了，又要上学，放假还要参加各种课外班、夏令营，一年推一年，小宝对老家的渴望就越来越强烈。

小宝十岁那年暑假，大宝终于把小宝送回了老家。

回到小山村，小宝看哪儿都是新鲜的。大宝刚走，他就往外跑，爷爷跟在后面追。

小宝要去看挂满红灯笼的柿子树，开满白云的槐树，还有那座大水库，要跳进去游泳，捉大鱼。爷爷听小宝呼喊着、跑着，吓得脸都绿了。他喊前面的村人拦住小宝：小祖宗唉，大夏天的哪儿有柿子啊，槐花开败了，水库早几年都干了，还捉鱼，都谁跟你说的啊。

爷爷把小宝拽回家，他大哭小叫，叫得爷爷奶奶手忙脚乱，不知道他究竟要干吗。小宝叫够了，扭脸看见了靠在墙角的那把小铁锨，他不哭了。他说：这是铁锨，我认识。

小宝问爷爷：那个大院子在哪儿？

爷爷说：什么大院子？

小宝说：就是爸爸挖麻知了、笨笨牛的那个。

爷爷不知道，问奶奶，奶奶也不知道。

小宝说：我自己去找。

小宝把铁锨扛在肩上，雄赳赳地去找那座大院子。他要挖麻知了，挖笨笨牛，挖埋在地下的宝物，要进行一次勇敢的探险。

走出爷爷的院子，小宝发现四周全是红砖的平房或者二层楼房，他左看右看，哪儿也不像有大院子的样子。他顺着巷子一直往前走，走到尽头，是宽阔的水泥路，自行车、摩托车、三轮车呼啸而过，没有他要找的大树，带矮墙的破院子。

铁锨在小宝的肩上晃来晃去，一会儿，他的肩膀被磨得生疼。小宝问爷爷：老家真的没有废旧的大院子？爷爷肯定地说：没有。

小宝沮丧地把铁锨拉在身后，让它在石子路上拉出难听的刺朗朗声。

第二天一早，小宝又扛着铁锨出发了。他觉得，那个有趣的大院子肯定有，只是爷爷不知道罢了，那是爸爸神秘的乐园。他要独自去探险。

根据大宝的描述，小宝在村子里转来转去，东看看，西瞅瞅，转了很久，也没有找到可以让他探险的地方。所有的院子都垒着高高的院墙，红色或者绿色的铁门，关得严严实实，只偶尔有几声狗叫声从院子里传出来。

小宝转累了，他回到爷爷家，在一棵泡桐树坑里吭哧吭哧挖起来，小脸憋得通红。奶奶听到院里有动静，看见是小宝在树坑里挖，一把搂着他：乖乖啊，这一早上你跑哪儿去了，你爷到处寻你。你搁这儿挖啥啊？

小宝说：我要探险。

奶奶不知道什么叫探险，愣愣地看着这个一脸倔强的孙子，不知所措。

小宝给大宝打电话，说他骗人，老家根本没有大院子，没有可以让他探险的地方。大宝在电话里哈哈大笑：小宝啊，都啥年代了，哪儿还有险让你探啊。大院子早没了，我上中学前都没了。

小宝在电话里哇哇大哭，他觉得自己很不幸，什么都没赶上。

哭过以后，小宝不再惦记探险的事，也不再惦记去找大宝描述的那个老家了。他的兴趣转移得很快，电视里各种稀奇古怪的节目吸引了他，他每天要做的就是待在屋里看电视。

那只跟了他两天的小铁锨，被扔在一个角落里，孤单单的，很快，就会长满铁锈。

川主寺的夜晚

　　旅游团到达川主寺镇的时候，是下午五点多。

　　圆脸的藏族导游普通话不太标准，他告诉大家尽量少活动，多休息，到街上买东西最好结伴。

　　他不想听导游絮叨，拿到钥匙就进了房间。男团员是单数，他给导游提出来自己单独住，说怕影响别人。其实，他是不想让别人打扰他。

　　这一路，他几乎不说话，大家唱歌讲笑话，他从不参与，也不笑。

　　他不知道怎么会弄成这样。似乎所有通往未来的路都被堵死了，除了仰望天空一声接一声地叹息，他不知道该做什么，还能做什么。

　　看到贴在旅行社门口的广告，他毫不犹豫地选择了九寨沟，因为那美丽的水。在把两千块钱交给了旅行社后，除了几百块钱零花钱，一张身份证，一间孤单的屋子，几样家具，他在那个城市，真的是一无所有，了无牵挂了。

　　十月末的川主寺寒气逼人，他躺在冰凉的床上，头疼欲裂。走廊里旅行团的人们笑语喧哗，他们结伴去逛街。他想起那句课文：热闹是他们的，而我什么都没有。他把柜子里的被子也拿过来盖上，还是冷，脑后像要炸开一样，他不停地用手去敲头。

　　有人敲门。持续的敲门声让他很烦，他起来开了门，是那个圆脸的小导游，笑眯眯站在门外：出去转转吧，现在就睡觉，晚上会睡不着的。

走出宾馆，他朝和主街道相反的方向走去。公路的右边有几个小饭店和小商店，左边是坡度很缓的草地。远远的，一群白羊在草地上吃草，没有一点声息。对面的山坡上，是一个藏族的小村落，五彩斑斓的经幡在微风中飘动。

他在草地上躺下，身边有一簇黄色的小花，天空阴沉得叫人难过，云层从四面八方压过来，他转个身，趴在草地上。

黄昏渐渐来临，他离开了。他问路边一个小店的老板娘，哪里有藏刀卖。年轻的藏族女人正在炉子上炖一锅牛肉，肉汤发出诱人的香味。她指指他来的方向，用生硬的普通话说：街上有。又指指锅里的肉：吃不吃？他摇摇头。门口一个老阿妈端坐着，沉默地望着远方。

他买了一把藏刀，刚回到房间，导游又敲门，后面跟一个四十多岁的男人，是他们团里的。导游说：他和你一起住。

男人很健谈，不停地说话，问东问西，问他头疼不，要不要喝红景天，要不要喝热茶。他一直摆弄着那把藏刀，头也不抬地说：不要。不要。

第二天吃早饭的时候，导游问他是不是买了一把藏刀，他说是。导游让他把刀交给他保管，说进景区要检查的，所有游客买的藏刀都要交给他保管。他狠狠地瞪了同屋的男人一眼，把刀从怀里掏出来，交给了导游。

终于到九寨沟了。他跳下车，那对一路上叽叽喳喳的恋人跟着跳下来：大哥，我们一起走。他说不用，女孩说：导游安排的，必须结伴，要不走丢了怎么办？走吧。

他远远地跟着那对年轻的恋人，他想独自走，一直走到没有人的地方去。可那对年轻的恋人似乎很听导游的话，一直在不停地回头看，看到他离得远了，就停下来等着他。

每到一个景点，女孩都会发出阵阵惊呼，把那些惊艳的水指给他看，让他帮他们拍照，拉着他一起合影。到最后，女孩子干脆让他和她的男朋友一左一右拉着她的手，女孩嗲嗲地说：大哥，不行，我缺氧了，头晕，帮帮我。

他只好和她的男朋友拉着她的手。他感觉她的手软软的，凉凉的，和他那个一声不吭就消失得无影无踪的女朋友一样。他扭过头看了她一眼，她咧嘴一笑，很抱歉的样子。

一路走到长海，他趴在木栏杆上，呆呆地望着那一汪清澈的湖水。女孩趴在他旁边说：这里的水不能碰，都是有神性的。

他暗暗冷笑。他笑女孩说的神性。神在哪里？神看得到他的苦难和绝望吗？

男孩子拍拍他的肩：走吧，大哥。我们俩任重道远呢，得把这个小东西拖回去。

他继续和男孩拉着女孩的手，走着看着，看着走着。

一路颠簸，一车人又回到那座让他伤心的城市。

他背起背包刚要下车，导游叫住了他。导游把那把精美的藏刀递给他：还你的藏刀。我们藏族人佩戴藏刀一是为了装饰，一是为了切牛肉羊肉。他接过刀，对年轻的圆脸导游说：谢谢。导游在他身后幽默地说：大哥，切肉的时候千万小心，别切了自己的手。他抬起手冲背后摇了摇。

那对年轻的恋人在车旁等他。女孩说：大哥，再见啊。我们拜见过神了，神会保佑我们的。

他走了。那对恋人，那个中年男人，还有好多刚下车的团员们，当然，还有那个年轻的藏族导游，都微笑着和他挥手告别。

他弯下腰，给他们深深地鞠了一躬，匆忙离去。

换客时代

李生所在的专题部有一个栏目，叫《体验》。就是让一些人去体验另一些人的工作或生活。体验者往往是从优裕的环境出发，放下身份，体验社会底层的职业和生活方式，用自以为是的平等和同情，展示小人物的细枝末节。

无论制作者和观众出于什么心理，节目却是越做越红火，转眼到了一百期。

一百期自然是要大动干戈，弄一个有分量的节目，来压一压场。

于是，李生想到了"换人"。确切说就是趁暑假让农村和城市的两个孩子互换一个星期。这个体验，矛盾和故事自然会更多。

说干就干。李生立即从城市到农村，物色孩子，说服家长。

城市的孩子好办，很快找到一个孩子，一家人正为他总上网发愁。家里掐了网线，他去网吧，一次次找回来，一次次跑出去，所有的聪明才智都发挥到和家长斗智斗勇上。李生刚把活动说个大概，一家人齐声赞同。叫小易的孩子先是不乐意，说农村太脏，经不住李生再三强调乡下山清水秀，风景如画，小易才点头同意。

找农村的孩子不大容易。孩子听说要到大城市去，自然满脸都是高兴，一百个乐意。不同意的是家长，有些明确拒绝，说孩子小，没出过远门；有些半遮半掩，也是推辞，最后有人给李生说，娃们放暑假顶半个劳力，要下地干活，娃走了，谁帮他们干活？这个李生倒没想到，他又返回去给人家说好话，说换过来的孩子一样可以用的，就当是自己的孩子，该让他啥就干啥。小俊的妈妈终于答应可以试试，李生忙从包里掏出节目组准备好的礼品，一些火腿肠果冻奶茶什么的，说送给小俊。

一个星期后，两个孩子开始了正式的互换生活。一辆车拉了小易向乡下赶，一辆车拉了小俊往城里去，节目组分两拨同行。

小易开始还很新奇，对着窗外东看西看，和主持人聊天，问一些乡下的情况，没一会儿他就厌倦了，他从包里掏出一部手机玩，主持人说：小易，说好除了衣服你什么都不能拿、不能用的。小易很不情愿地把手机交给主持人，情绪突然很低落，他看着窗外，默不作声。

相反，小俊那里情况要好很多。李生跟在小俊的车上，小俊一直不停地问他，看到什么问什么，越逼近城市，他越是兴奋，李生很满意。

黄昏来临时，两个孩子分别到了新的家。

小俊妈不善言辞，接过小易的包，放在里屋一张小床上，说吃饭吧。小易四处看看，黑黢黢的，一盏年限太久的灯泡因瓦数太低的缘故，暗黄。小易说不饿，转身躺到小床上，开始了他在乡村第一个晚上的生活。

小俊的兴奋从下车，一直持续到见到小易的爸爸妈妈，洗过澡，吃了饭，全家人准备睡觉了，他还没有一点睡意。他对小俊房间的一切感到好奇，尤其是书架上的那些书，明星招贴画，拳击手套，还有电脑。

第二天，小易在一阵鸡鸣狗叫中醒来。小俊妈喊他去放牛，他说等吃过早点。小俊妈说放牛回来才吃饭，趁天凉快，先赶牛出去。小易深一脚浅一脚在小路上赶着牛，样子真的是笨拙可笑。牛总不听指挥，气得他拿鞭子抽，一鞭子下去，牛"哞——"地嚎叫一声，跑了。小易在后面追，追了好久，在几个邻居的帮助下，牛才被制服。小易又气又累，加上饿，心里冒出一股火气，回到家他一声不吭。他的沉默一直保持到他离开。

小俊继续着他的兴奋，他在新"爸爸妈妈"的陪同下，去游乐园玩了整整一天，各种新奇刺激的游戏，让他不停地尖叫。晚上回到家，小俊还在回味白天的一切，一切都太好了，他倒在床上很快就睡着了。

小易的日子越来越不好过，蚊子、粗糙的饭菜，到处可见的鸡粪、猪粪，他简直要崩溃了。他一小时一小时地算着时间，等待着游戏的结束。

小俊除了偶尔会想妈妈和弟弟外，很少流露出不高兴的情绪。他的日程被安排得满满当当，参观展览、博物馆，看电影，去公园。崭新有趣的一切，让他似乎一下飞到了天堂。

七天时间，就这样过去了。

李生拍到了满意而丰富的素材，他高兴地宣布：这一期，绝对是重量级的。绝对。

电视台的车从市里出发，先送小俊回去，然后接小易回来，这样节目就算圆满成功。小易妈妈给小俊准备了很多礼物，把他打扮得像帅气的释小龙，然后跟他告别。

小俊刚到村口，就看见妈妈和小易站在那儿等他。所有的一切全又回到从前，繁华精彩的一切像梦一样，瞬间消失了。小俊一下子很不适应，他有些茫然。

小易继续着他的沉默，木然地和小俊妈妈拉手告别。

李生要他们俩站在一起，对这次的活动进行总结。

小易看了看周围的人，面无表情地说：我要回家。

小俊看着镜头，城市的兴奋褪去，他变得烦躁不安。他突然对着镜头说：我恨你。

忧伤远逝

忧伤像一湖清凉的水，她就像一尾喜欢冷水的鱼。

她见过那种一拃长的小鱼，细长的明黄色，很缓慢地在水里游来游去。她觉得，这鱼肯定是悲伤的、无奈的，早就练就一身刀枪不入的本领，才在这海拔三四千米的高原之上，艰难地存活下来。

她的忧伤和爱情无关，尽管她早已经到了该享受爱情的年龄。因为长得丑，她的爱情之花从来就没有开过，哪怕是没有结果的一场梦也好。都没有。

从小她就活在两个姐姐的阴影里。两个姐姐像她们的父亲，长得枝叶舒展，而她偏偏像母亲，单眼皮，小眼睛，厚嘴唇，皮肤生了锈般黑黄，这是她唯一像父亲的一点。她常常怀疑，她根本就不是母亲亲生的，或者是父亲匆忙间的一次失误才有了她。

母亲似乎也不怎么待见她，总在抱怨：我怎么生了这么个丑丫头，将来可怎么能嫁出去哦？只有父亲喜欢摸她的头，高兴的时候拍她的小屁股，夸她聪明、能干。

于是，她唯一的骄傲就是聪明、能干，她只有更加聪明，更加能干。父亲说：要好好学习，将来考一流的大学。她就拼命地学，把所有能拿的奖状都拿回家，贴了满满一墙。父亲批评两个姐姐写作业不认真，敷衍了事，她就偷偷撕下姐姐的作业，把她们写的作文拿出来念，看姐姐气极败坏的样子，她觉得特别开心。

她考上了一流大学。她的丑在那一刻被大家忽视了，包括两个姐姐，都热泪盈眶地祝贺她，说她给家里争了光。

父亲已经退休了，笑呵呵地端起他的小茶壶，歪一歪右嘴角，从小壶嘴吸一口茶水，递给她一个MP3：丫头，奖励你的。母亲也送给她一把黑亮的牛角梳：用脑太多，拿这个多梳梳头有好处。

她觉得，只有在那个夏天，才是她一生中最幸福的时候。可夏天太短暂，匆忙间就过去了，秋天的风，还有雨，长且冷，而且愈来愈冷。

大学里，同学们开始悄悄恋爱，可从没有人约她，她总是孤独地待在教室，使自己看起来很忙的样子。

四年之后，她比别人多了一张"优秀大学毕业生"证书，也因此第一个被选调到省直机关。看着那些恋爱过的同学凄凄离别，执手相看泪眼，她独自抱着膝盖，坐在她的小床上。她听见心里被某种东西敲击的声音，轰，轰，轰，一下又一下，她突然感觉很疼，哪儿都疼。

她的疼痛持续了很长时间，有四五年吧。她避免一切出头露面的机会，努力把工作干得更好，避免和年轻男同事一起出去，很小心地保护着自己的自尊。

同事也半开玩笑半认真地说要给她介绍对象，都被她婉言回绝了，她不是不想恋爱，她怕失望，更怕伤害。

直到有一天，她独自背了行囊去旅游，看到高原湖水中的鱼，她仿佛看到了自己。这么多年，自己就像小鱼在这冷水中，一直孤独地待在无尽的忧伤里。可人毕竟不是鱼啊，不是。那一刻，她有种欲哭的感觉。

回到家，她去看父亲。此时母亲已经去世了，两个姐姐也已经结婚，过着世俗的幸福生活，父亲独自一人守着家。

父亲还喜欢摸她的头：丫头，该把自己嫁出去了。别总那么高傲。

高傲？父亲，难道你觉得我是高傲？我已经把自己降低到尘埃里了，我从来就没有高傲过，我只有自卑。

但看起来是这样。父亲说。

你不觉得是我长得太丑，没人要？

傻丫头！世上从来就没有丑女人，只有笨女人。再说，你看看你，哪点丑了？

她不相信父亲的话，父亲从来就是爱她的，不会说她丑，可她知道自己很丑，一直都丑，从小到大。

你怎么这么固执？父亲好像有点生气：找个好小伙子去恋爱结婚。

回到单位，她对同事大姐说：帮我介绍个对象吧。她想通了，哪怕为了父亲，就算受伤也得伤一次吧。

同事大姐一脸的惊讶：真的？真的？哎呀，咱单位那么多小伙子等着呢，你总拒人千里，他们都怕了你了。

真的？这回是她惊讶了。她从来没想过会有人喜欢她。

怎么不是真的啊，瞧瞧，气质多好啊，他们都说你像三毛。

刹那间，二十多年积攒起来的忧伤分崩离析，她的心里绽放出一朵灿烂的花，如鱼儿一跃跳出冰凉的水面，沉入温暖。

谁看见了彩虹

　　黄昏即将来临的时候，目的地仍很遥远。汽车摇摇晃晃，车上的人也跟着摇摇晃晃。

　　这时，田小看到了远方的那一抹彩虹，就好像谁不经意拿画笔刷了几下，红一道，蓝一道，绿一道，延伸很长，但和以前看到的彩虹又不一样，只是笔直的几道。田小以为自己看错了，怎么会呢？周围都是大片灰色的云，怎么会有这样奇怪的彩虹呢？

　　汽车继续朝前晃，他仔细看看，彩虹还在。

　　田小轻轻推推身边的那个大哥：看那儿，好漂亮的彩虹。大哥似乎有点迷糊，但还没有睡过去，他瞟了一眼：胡说八道，哪儿有什么彩虹。

　　真的有啊，那不就在那儿。你看，你看。大哥顺着田小的手看过去，依然什么也没看到，他有点不耐烦：那不太阳快落山映的么，哪儿是什么彩虹。眼花了？

　　被抢白一顿，田小有点泄气，难道真是眼花了？田小拉开身边的窗玻璃，把头伸出去老长，他还想再确认一下远方到底有没有彩虹。

　　是彩虹。那么鲜亮迷人的彩虹，这个大哥怎么会看不到呢？

　　田小在椅子上拧来拧去，好像屁股下面长了刺。看到彩虹的惊喜让他不能安生，他觉得很有必要告诉大家，让大家都来欣赏这美丽的彩虹。

田小对坐在他前面的一对中年夫妻说：看见没，那儿，彩虹。

那对中年夫妻好像对任何人都保持着高度警惕，从上了车就一直沉默不语。听见有人在背后跟他们说话，俩人同时扭过头看田小，奇怪的眼神让田小觉得好像他做了什么坏事。男的说：什么彩虹？

田小指指汽车前方：你看，就那儿。

俩人同时又把头扭过去，过了一会儿，男的偏了偏脑袋说：哪儿有什么彩虹，小孩子家的到底想干吗？说完他赌气似的把头靠在椅背上，对他妻子说：小心点，别答理他。

如果说因为身边的大哥和前面中年夫妻看不到彩虹，田小心里觉得奇怪和着急的话，听到"小心点"三个字，田小就有点气恼和不忿了。他虽然只是个来阿瓦城打工的农民，但他不是坏人啊，他没有别的意思。

田小的倔劲上来了，他站起来，啪啪啪拍着靠背：大家看看，看前面的彩虹啊。车里的很多人被吓了一跳，不知道这个瘦弱的年轻人要干吗。田小指着彩虹的方向：看啊，你们看不到？彩虹！

车上的人全都朝车前方看去，田小身旁的大哥拉拉田小的衣服：坐下吧，别折腾了。

有吗？是彩虹吗？我看看。哪儿呢哪儿呢。顷刻间，车上热闹起来，大家议论纷纷，有人甚至讨论起以前什么时候看到过彩虹，彩虹是几种颜色，几种颜色的排列顺序。

看到大家这么热闹地讨论，田小渐渐高兴起来，真的有彩虹啊，瞧，大家都看到了哎。尽管没有一个人明确对田小说是有彩虹，但也没有人说没有，他就高兴。

坐在田小前面的那位先生一直抱着胳膊，依然保持着警惕的状态，就在田小洋洋得意准备坐下去的时候，他突然大喊一声：别吵吵了，哪儿有什么彩虹？你们居然会相信一个小民工的话，可笑，太可笑了。谁知道他想干吗。

是啊，谁知道田小想干吗。

就像开水锅里被倒进了一瓢凉水，喧闹的声音霎时静了下来，大家莫名其妙地看着田小和那个男人。怎么回事？有人小声打听。被问的摇摇头：不知道。

田小很尴尬地站着，不知道接下来该怎么办，他只是眼睛一眨不眨地盯着远方的彩虹，直到眼睛生疼。

黄昏来得很快，太阳不大一会儿就不见了，汽车前方刚刚还是一片金红，这会变成灰白。彩虹真的不见了，远方的天空上，除了大团大团轻轻的白云，什么也没有了。

汽车到站了。

跟在大家的后面，田小走下汽车，他觉得很难过。

有人在后面拍他的肩膀：嗨，我看见彩虹了，谢谢你。那是一个和田小差不多年纪的帅小伙，满脸灿烂的笑容，田小感激似的朝他点点头。

走在路上，田小觉得很委屈，眼泪在眼里积蓄了一会儿，终于还是没滚出来，他硬生生地给憋回去了。